★我想成为超级英雄★

我的老师是外星霸主

[英] 戴维·所罗门斯 - 著
仇春卉 - 译

中信出版集团 | 北京

图书在版编目（CIP）数据

我的老师是外星霸主 /（英）戴维·所罗门斯著；
仇春卉译 . -- 北京 : 中信出版社，2019.7
书名原文 : My Gym Teacher Is an Alien Overlord
ISBN 978-7-5086-7752-1

Ⅰ . ①我… Ⅱ . ①戴… ②仇… Ⅲ . ①儿童小说－科
学幻想小说－英国－现代 Ⅳ . ① I561.84

中国版本图书馆 CIP 数据核字 (2017) 第 137860 号

我的老师是外星霸主

著　　者：［英］戴维·所罗门斯
译　　者：仇春卉
出版发行：中信出版集团股份有限公司
（北京市朝阳区惠新东街甲4号富盛大厦2座　邮编　100029）
承 印 者：深圳当纳利印刷有限公司

开　　本：880mm×1230mm　1/32　　印　　张：9.5　　字　　数：172千字
版　　次：2019 年 7 月第 1 版　　印　　次：2019 年 7 月第 1 次印刷
京权图字：01－2017－3074　　广告经营许可证：京朝工商广字第8087号
书　　号：ISBN 978－7－5086－7752－1
定　　价：32.00元

服务热线：400－600－8099
投稿邮箱：author@citicpub.com

·1·
加油

“卢克，快用你的力场！”瑟奇站在一个正在开裂的鲨鱼缸对面大声喊道。我们正在攻进八爪魔司令的海底巢穴，这个地方特别大，鲨鱼缸从巢穴的底部一直延伸到顶层，足足有十层楼那么高。啪！在枪声似的爆裂声中，鲨鱼缸表面裂开了一条缝。一股水流喷射出来，在空中划出一条弧线，落在甲板上，溅湿了我的脚。

眼看我们就要被一群锤头双髻鲨围攻了。

我立刻把护体力场的能量凝聚起来，一道闪着蓝光的能量束从我的指尖激射而出，堵住了鲨鱼缸的裂缝。鲨鱼危机就这样被我化解了。不过八爪魔是不会善罢甘休的！我看了看手表，距离他发射洲际弹道导弹还剩下不到五分钟的时间。那些导弹的弹头里装有一种独特的致命病毒，如果我们不能阻止他，这些病毒就会在全世界散播，把所有男人、女人和小孩都变成颤巍巍的海蜇。

“我去攻打舰桥！”我一边说一边从瑟奇身边跑过，迅速用手指在面罩侧面敲了一下。顿时，一个意念能量球发出嗞嗞的声响，射向前方一扇高级安全门。那扇门猛地从铰链上飞脱下来，重重地摔在甲板上，发出哐的一声巨响。我快步从门板上跑过，冲了进去，斗篷在我身后飘扬。

舰桥的墙壁是用树脂玻璃做成的光滑曲面，在我面前呈现出三百六十度深海全景。若隐若现的海底生物在昏暗中掠过，投下可怕的阴影。四周很静，只有声呐探测器的砰砰声和八爪魔佩戴的呼吸器的咕噜声。我们一路过关斩将，击退了章鱼打手、狮鱼哨兵和电鳗刺客，终于到达了目的地。

八爪魔司令站在发射控制台前，正准备发射那些散发着鱼腥味的导弹。他本来是人类，可是原本长脑袋的地方却变成了一只章鱼——他们通过手术把章鱼和他的脑干连接起来。他的每只手掌上还长着四根人类的手指，而大拇指却变成了食人鱼。八爪魔有八个大脑，可以同时思考八件不同的事情，所以他是一个杰出的战略家。若论近身搏斗，他也是一个可怕的对手，因为他的两根大拇指是一对食人鱼。八爪魔的弱点是他必须依赖一个特制的呼吸器，必须时刻连着氧气筒。只要我们切断他的氧气供应，他就会像死鱼一样瘫软在地上。在接下来的几分钟里，这儿将会上演一幕激烈的正邪大战。正方当然是我和瑟奇，反派自然是邪恶的八爪魔司令。

世界的命运就掌握在我的手中。

八爪魔司令在控制台那里抬头看了我一眼，仰起圆滚滚的章鱼脑袋，张开邪恶的尖嘴，发出一串咕噜咕噜的大笑声。不知为什么，他早就知道我们要来，看来我们这回是自投罗网了。他用水汪汪的大眼盯着我，又一次张开恐怖的尖嘴，说道：

“卢克，我再说最后一次，晚饭已经摆上桌子了。”

怎么八爪魔司令说话这么像我妈妈呢？

我转头瞥了一眼，原来真的是妈妈站在我的卧室门口。虽然我妈没有八个大脑，也没有食人鱼大拇指，可她也够吓人的。

“卢克！卢克！他要发射导弹啦！”瑟奇在耳机里嚷嚷，“啊！天哪！我们来晚了一步！”

我转头看着电视屏幕，正好看到一段动画，只见八爪魔司令的导弹从海底发射井里飞出来，给世界带去毁灭性的海蜇灾难。我长叹一声，把游戏机手柄扔在地上。

最后这一关没有存盘点，也就是说我们还得从头开始通关。第一个气闸室里面的鸭嘴兽地雷阵特别难，而且瑟奇被“鸭嘴兽”这三个字逗得浑身乱颤，总是不小心踩中地雷。

“你今天玩《小星侠》够久了。”妈妈说着把游戏机关了。

前些时候我们勉强逃过了小行星撞击地球的浩劫，我爸妈惊喜交加，受刺激过度，竟然答应了我的要求，给我买了一台新的游戏机，甚至让我把游戏机放在自己房间里。我这样做其实是趁他们脑子不清醒时占便宜，说起来也有点惭愧，可是我得到了一台崭新的Xbox游戏机呀！

“不是《小星侠》，”我纠正她说，“是《小星侠2：深海危机》。”目前有两款电子游戏是以世界上第一个真正的超级英雄小星侠为主角的。当时眼看地球就要被小行星天劫撞扁了，小星侠及时出手拯救了世界。这件事结束不久，电子游戏《小星侠》就诞生了。那个游戏只能算凑合，不过到第二款就好多了。可是这两款游戏都有同一个毛病：不够真实。首先，两款游戏的背景都不是发生在布罗姆利镇；更糟糕的是，他们塑造的小星侠形象与现实相差太远。比如，在《深海危机》里，小星侠的秘密身份是一个名叫兰斯·朗瑟斯顿的富二代学生。有一次他去他爸爸的核聚变实验室，刚好遇上等离子发动机发生意外，他因此获得了超能力。他拥有动力爆炸超能力，还有一架能以六倍声速飞行的小星侠喷气机。

这些设定完全荒谬到极点！

我怎么会知道？因为小星侠就是扎克·帕克，他的超能力是决策人左邦给的；他每星期有4.5英镑的零花钱，他有心灵遥感的超能力，他的座驾是一辆卡雷拉复仇者型号山地自行车。还有，他是我哥。

我从椅子上滑下来，跟着妈妈下楼。在扎克拯救世界的行动中，我扮演了一个不算大却至关重要的角色——至少我是这样认为的，可是却没人制作一款和我有关的电子游戏。当时有一个妄想做超级英雄的漫画书店老板克里斯托弗·塔尔博特把小星侠绑架了，是我把小星侠从坏人的魔爪中拯救出来的。可是这件事只有我最好的朋友瑟奇和邻居（绝对不是女朋友）拉拉·李知道。不过就算人们知道又怎样？要是他们设计一款游戏，主角是一个没有超能力、只有扁平足的十一岁小男孩，这样的游戏谁愿意玩？肯定卖不出去。老实说，给我我也不愿意玩。

我拖着沉重的脚步下楼吃晚饭。过道里传来嗒嗒的响声，一个小小的身影从走廊小桌子的阴影中溜出来，原来是一只红色的小松鼠正在楼梯底下等着我。我知道它是冲我来的，因为这已经不是第一次了。小松鼠上身直立坐在后腿上，前爪捧起一张字条。这字条当然不是它写的——松鼠会写字？这桥段可太傻了，可我知道是谁写的。我接过这张折叠的字条，小松鼠转身就跑，那条蓬松的大尾巴上下晃动着消失在阴影中。

字条上写着“今晚集合”，字迹潦草，粉红色的墨水正是来自那支无比熟悉的三菱0.4毫米中性笔。①

① 卢克曾借了拉拉的三菱0.4毫米中性笔没还，后来发生了一连串事件，详见本系列图书第一册《我的哥哥是超级英雄》。（本书中注释均为译者所注。——编者注）

虽然只有四个字，可是这张字条的意义非常重大。该来的终于来了！自从夏天发生了“小星侠‘火山口’大战漫画书店老板克里斯托弗·塔尔博特并击退巨型小行星”这件大事以来，一切都归于沉寂，我的生活又重新回到那条沉闷的轨道上。不过这个局面马上就要改变了！我把字条紧紧地攥在手心，我感觉到了，空气中飘荡着一丝——我用鼻子嗅了嗅——嗯？怎么像是从某种黏稠酱汁中散发出来的鱼腥味。呃，鱼腥味也不要紧，反正外面还有别的东西在等着我，那是危机，那是刺激，那是冒险，那是……围巾[①]。

① 作者在这里玩了一个文字游戏。S.C.A.R.F.，是 Superhero Covert Alliance Reaction Force（超级英雄秘密联盟快速反应部队）的首字母缩写，而单词 scarf 是围巾的意思。

·2·
外出记得戴围巾

晚饭后我溜到后院的树屋里。当年爸爸和外公搭建这座树屋时，并不知道这里有一个连接我们这个世界和另一个平行世界的通道，更不知道这里日后会变成一个以除暴安良为宗旨的超级英雄秘密团队的跨国总部。这个团队的名称是“围巾”，也可能是“锅铲”①，对此我们还没最终确定，这也是今晚聚会的原因之一。除此之外还有许多事情需要详细讨论。

我一边气喘吁吁地爬绳梯，一边回想最近发生的一系列事情。那泡不合时宜的尿造成了灾难性的后果。我错失了实现人生最大梦想的机会：我没有成为超级英雄。这还不是最惨的，最惨

① S.P.A.T.U.L.A.，是一个表示团队名称的首字母缩写词，具体组成不详，而单词 spatula 是锅铲的意思。

的是我错失了两次机会。

两次!

第二次，左邦把超能力给了我的邻居兼同学，小记者拉拉·李。她本来打算把小星侠的故事登在校刊的头版头条，结果她却成了故事的一部分。现在她和扎克联手打击犯罪，参与各种激动人心的冒险活动。他们爽了，却扔下我和瑟奇无聊地玩电子游戏。今晚我们就是要商量一下这件事。

好几个星期以来，我一直想把两个超级英雄都叫过来，和我们坐下来好好商量组建团队的事情。我和瑟奇希望说服那两人，以往那种双雄搭档行侠仗义的方式已经过时了，当代的超级英雄总有一个团队在背后支持。当然了，那些团队的成员通常是退役特种兵或者天才科学家，而不是十一岁的男孩子，而且这两个男孩子并没有什么特长，只知道绿巨人原本是被设计成灰色的，而超人本来被设计成秃头形象。这些对我们不利的因素我们绝口不提就是了。

瑟奇已经在树屋里等着了，他是第一个到的。我进门的时候他抬头看着我，我发现他两边脸颊都布满了红得发亮的疹子。“我对松鼠毛过敏，”瑟奇凄惨地解释道，“我真心希望她不要再派那些住在树林里的小动物给我送信了。”

“她在探索新的超能力呢。”我一边说一边坐在他身边，一起等待其余两人。

“我得先告诉你，我刚才吃了抗过敏药。”然后他又加了一句，“可我不知道我吃的是让人睡觉的那种还是不会让人睡觉的那种。”

我和瑟奇一起经历了风风雨雨，其中大部分经历中都有一根巧克力棒和一个哮喘药吸入器相伴。我们有许多相似的地方，而最大的共同点是我们都热爱超级英雄。我和瑟奇就像以前我和哥哥那么亲近。说起我哥，其实我也不是不能和扎克相处，只是现在我们处于人生的不同阶段——我还在拼命存钱买蝙蝠侠的电子游戏，可是扎克已经在拯救世界了。

“你把设计方案都带来了吗？”我问道。

瑟奇打开了一个A3规格的文件袋。我们花了很长时间给这个团队起名字，又用了更长时间设计团队标志。我拿起第一个方案，它由亮银色和黑色的字母构成，每个笔画下方都做了阴影设计，使这些字母看起来仿佛从页面凸出来了。“不错嘛。”我轻声赞道。

“不错？”他愤愤不平地说，“这是一个能给人留下深刻印象的设计好不好！不但线条简洁，而且能在我们的目标群体心中引起共鸣。弧形的线条增强了动感，并大胆使用明暗对照的手法……”

“什么手法？”

他叹了一声，答道：“是明暗对照，卢克，明——暗——

对——照——”

我拿起第二张设计图，和第一张摆在一起对比。“对于名字，我还是持保留意见。‘围巾’和‘锅铲’这两个首字母缩略词听起来一点也不可怕，不会让人产生敬畏的感觉。”

把词组里面每个单词的第一个字母抽出来组成一个新的单词，叫作首字母缩略词。我们想弄一个像“神盾局”[①]或“雷霆特工队”那么酷的名字，却发现原来挺难的。

树屋外传来沙沙的树叶声，紧接着，小星侠一阵风似的飞进门，啪的一下，稳稳当当地降落在我们面前，还摆出一个特别造型。只见他低着头，单膝着地，一条手臂向后举起，飞扬的斗篷慢慢落在他后背上，最后慢慢地抬起戴着面具的脸。最近扎克无论去哪儿都会弄这样一个亮相仪式。

我不用看也知道，我身旁的瑟奇一定仰慕得五体投地。虽然他在天劫行动中也发挥了重要作用，可是他至今还不能摆脱“小星侠粉丝”的角色定位。说实话，现在每过一天，我对扎克的敬畏就减少一分。尤其是他经常因为找不到换洗的斗篷而发脾气，用心灵遥感术把我的房间翻得乱七八糟，到头来妈妈却埋怨我不整洁。这种事一而再再而三地发生，我怎么可能对他产生

---

① 神盾局：S.H.I.E.L.D.，全称为国土战略防御攻击与后勤保障局（Strategic Homeland Intervention, Enforcement and Logistics Division），美国漫威漫画公司（Marvel Comics，以下简称漫威漫画）作品中美国政府专门用于同超级英雄接洽并进行管理的特殊部门。

仰慕之情。

哦，对了，说起斗篷，又是一段故事！

很久以来，扎克都不愿意穿上一套合适的超级英雄装束，因为他觉得戴面具和披斗篷很蠢，不过最后他还是答应了。扎克身材比较瘦，飘扬的斗篷可以增加他的存在感；面具能隐藏他的真实身份，也能保护他眼睛周围细嫩的皮肤——他经常飞来飞去，眼睛附近的皮肤总是被冻伤。

这时候，门口响起一阵翅膀拍打的声音和一声鸟啼，然后拉拉就滑翔着进来了。她虽然没有扎克那种会飞的超能力，却有一种独特的推进系统——鸟儿。

各种鸟儿紧紧抓住她的袖子和裤腿：野鹅负责调整飞行高度，鸽子专职导航，还有疯狂拍打翅膀的麻雀帮助她在空中做出各种高难度动作。当她需要着陆时，只要先迈出一只脚，轻轻地踩在地上，然后再落下另一只。成功在树屋着陆后，她叽叽喳喳地向鸟群说了几句话，那些鸟便陆续离开她，飞出了树屋，重新回到夜色里。

决策人左邦送给拉拉的超能力是操纵动物。

可她并不能操纵所有动物。老虎、大象、北极熊——所有那些体形巨大的猛兽对她根本没反应。我们去动物园测试过，只有那些小动物，像松鼠、兔子、小鸟，才听她的指挥。我忍不住想，这种超能力其实……挺无趣的。

至于她的英雄装束，她身上的这套衣服给她的身体提供了合理的遮掩，比其他超级女英雄的强多了。每次我在漫画书里看到一个超级女英雄，第一个念头总是：她们穿得那么少，出去不怕感冒吗？总有一天我要找人问个明白，“重装甲比基尼”的意义到底在哪里。拉拉现在穿的这身装束是我帮她选的：除了面具和斗篷，她还穿了一件很结实的皮夹克，一条有很多个带拉链口袋的很实用的黑色裤子，一副可防止被鸟爪误伤的手套，还有一双黑色大靴子。

她甚至连挑选超级英雄名字也需要我帮忙。这个名号当然要和动物有关，她建议用利爪、忍爪、鸟姑娘。

“这些名字都有人用了。”我告诉她。

“要不找一个带‘翼’字的？”

“已经有一位‘夜翼’了。”我说。

“那我可以用‘日翼’呀。”拉拉说。

我皱起眉头：“听起来像医院的某个区域。”

最后她决定自称“翅女侠”。我翻遍了我收藏的漫画书，这个名字还没人用过。可是这名字实在太烂，不过她怎么也不肯让步。我费了很多唇舌才说服她改成“暗翅女侠”——加上一个“暗”字，好歹给这个毛茸茸的名字增添了一点恐怖的意味。不过在瑟奇听起来，这名字好像一种巧克力酱，勾人食欲，他一听便连忙跑开，去做了一个三明治。

树屋里，拉拉和扎克开始谈论这个星期的英雄事迹。他们说的有些事情我和瑟奇根本就不知道，其余的也只是在新闻里看到过。两个人就这样自顾自地说个不停，仿佛我们根本就不存在。

拉拉打了一个响指：“哦，我忘说那个——”

“那间专卖转基因产品的果蔬店？”扎克接话说，“已经搞定了。”说着他把一棵粘在他袖子上的发光的花椰菜拂掉。

“哦，那就好。”

“那些被困的矿工呢？”这次轮到他问了。

“也救出来了。你想到的用鼹鼠做帮手，真是好办法，谢谢你。”拉拉边说边做出一个挖洞的手势。

扎克把面具一撩，将面具扣在额头上，松紧带发出啪的一声。他说：“别客气。”

“还有，”拉拉说，“你在约翰·刘易斯百货商场制服了那个邪恶的人工智能机器人，干得好！”

扎克耸了耸肩：“那次没有你帮忙可不行，好搭档。”

她完全没有恶意地在他手臂上捶了一下：“别这么说，我会不好意思的。”

两人对望着傻笑起来。很明显，他们对上个星期的成果非常满意。

“呃……”我插嘴说，“邪恶人工智能机器人，嗯？听起来像是那种需要后方支援的任务嘛。”

“不用，我们能应付。对吧，暗翅女侠？”扎克举起一只手，拉拉很默契地和他击掌庆祝。然后扎克转头看着我说：“你为什么把我们叫过来？我还要做数学作业呢，是多项式呀。”

我开门见山地说：“我们将在这里讨论建立一个专门与犯罪分子做斗争的超级秘密组织。”我举起设计图，“‘围巾’其实是超级英雄秘密联盟快速反应部队，而‘锅铲’是超级英雄……”

“这是你那些角色扮演游戏的道具吗？”扎克皱着眉头打断了我的话。

“不，不是道具。”我从他的表情看出，他还没明白我的意思。

拉拉仔细端详着瑟奇精心设计的标志，说道：“嗯，大胆运用零蛋对照嘛。①”她说的时候脸上露出一丝略带同情的微笑。拉拉老是用错词语，可是她不像我那个讨人厌的哥哥，起码她看得出我不开心了。

“等等，”扎克终于明白了，“你想帮助我们打击犯罪？”

我们的谈话终于有进展了。“正是。”我说。

他举起双臂交叉抱在胸前：“绝对不行。”

“可是你们需要我们呀！”

“需要吗？”

---

① 拉拉想说“明暗对照”，却说成了“零蛋对照”。

他忘记了很重要的一点。我提醒他说："当初你被克里斯托弗·塔尔博特，也就是'暗能量'绑架了，是谁救你出来的？"

"你打算揪着这件事说一辈子吗？"他下巴的肌肉也绷紧了，"我只是一次失手，被一个超级坏蛋暗算罢了，这种事再也不会发生了。"

"这太不公平了！"我忍不住爆发了，"你获得了超能力，她也获得了超能力，我呢？我获得什么了？我只能整天游手好闲无所事事！"我呼哧呼哧地喘着粗气，"你就听我们把话说完行吗？扎克，求你了！"

我哥让步了："好吧，好吧，既然这件事对你那么重要，你就说吧。"

我转头看向瑟奇："准备好没有？"

他双腿交叉坐在地板上，头垂在胸前，正在轻声打鼾。

我叹息道："唉，他吃的是会让人睡觉的抗过敏药。"不过没关系，就算没有瑟奇我也能行。我在班上也做过关于黄蜂的演讲，这不一样吗？我只希望这次的听众不会尖叫着往外逃去。我一跃而起，背着双手踱起步来。"超级英雄总是很容易犯各种低级错误。就拿超人为例吧，正是因为没有人提醒他说，'喂，卡尔·艾尔①，你得离那块发光的绿色石头远一点！'他才会遇

---

① 卡尔·艾尔：超人在氪星球使用的本名。

险。所以你们需要像我这样的帮手。”说着我低头瞟了一眼鼾声阵阵的瑟奇，“还有他。”

扎克和拉拉默默地站着，我知道他们并不认同我的话，可是我还没说完呢：“我也承认，在做超级英雄这件事上，你们已经获得了一些经验，可你们仍然是新手。而我呢？我像蚁人那么小的时候就开始看漫画书了，所以我积累了多年的经验。”

扎克“嘘”了一声：“漫画书根本就没用，它们不会教你怎么做超级英雄。”

这人疯了吗？漫画书就是教人怎么做超级英雄的呀！我正准备把这句话说出来，他却抢先说道：“哼，漫画书里全是幻想出来的冒险故事，却不会告诉你现实是怎样的。漫画书不会告诉你，在高空飞行的时候需要穿件马甲保暖；也不会告诉你在某些空气状况下，你的传心术会接收到BBC（英国广播公司）电台四频道的节目；更不会提到你制服罪犯时要小心别侵犯了他们的人权，否则就会被人控告不正当逮捕和非法拘捕。”

他说的对，我看的漫画书里面确实没有提到这些事，也许是因为这些事都很乏味吧。我转头看着暗翅女侠：“拉拉，你说句公道话呗。你当时想选一套必须干洗的英雄装束，是谁劝阻你的？”

“我知道。”她点头说，“可是看水洗标和打击犯罪完全是两码事呀。”

太过分了！“哼，你这个所谓的超级英雄其实很烂！”我生气地说，“你的超能力是垃圾！”

“垃圾？！”拉拉双手叉腰，扬起下巴，严肃地说，“动物王国已经归我统治了！”

“你统治的分明是宠物乐园！老实说，你根本就不是什么超级英雄，你只是迪士尼的公主罢了！”

她气得头发也竖起来了，我暗自庆幸她身边没有带着一只备用刺猬。

“如果你是退役特种兵或者天才科学家，我们或许可以合作。”扎克谨慎地说。

“可是扎克……”

“别再说了，这事太危险了。我们有超能力，你呢？你只有这个流线型的标志。”我还想反驳，他却突然伸手捂住前额，“我的星屏雷达又收到求救信号了。”

“星屏雷达这名字也是我帮你想的。”我喃喃地说。可是他完全把我忽略了。

“有人遇到危险了！”他说，“暗翅女侠？”

“随后就到，小星侠！”她把一只手放在嘴边，发出呱呱的叫声。几秒钟后，树屋里塞满了鸟儿。“回学校见吧。”那群鸟把她揪起来悬在半空，她低头对我说。

随后她和扎克飞了出去，踏上另一个冒险旅程，而我只能在一旁默默地看着。

这时候，瑟奇的鼻子喘了一下粗气，他一下子醒了。他睡眼惺忪地环顾树屋四周：“啊，讨厌，我没见着他们。怎么样？”他转头看着我，问道，“决定用‘锅铲’做名字了吗？唉，我真的希望用‘锅铲’。”

·3·
我的体育老师是一个超级坏蛋

“老师，我不选卢克·帕克！他是一个垃圾！”

这是在邓纳姆老师任教的初一体育课上，班里其他同学听了都哈哈大笑起来。我郁闷地坐在板凳上，身旁是瑟奇。我们看着其他同学欢快地在球场一侧排成两条整齐的直线。就连踢足球我们也没人要，更别妄想参加什么超级英雄团队了。

十月的朝阳照在四季常青的草皮上，班上的同学要分成两队进行比赛。和往常一样，我和瑟奇是被挑剩下的两个。我快要气疯了，可瑟奇却无所谓。他说什么来着？足球就像一艘拖网渔船，那些球员就像一群海鸥，跟着渔船转悠？或者说我们俩是拖网渔船，场上的球员像海鸥似的，等着我们给他们扔沙丁鱼……好像是这意思吧，可能这个比喻用法语说会更好懂一点。

一声刺耳的哨声划破了空气，吹哨子的正是邓纳姆女士，也就是我们的体育老师。这个可怕的女人，她的嗓音和她的哨声一样刺耳，两只凸出的眼珠让我想起了正在捕食的螳螂。她把她的昆虫眼转到称我为“垃圾”的那个小子身上。“乔什帕·坎！”她开始教训他，“没错，卢克和瑟奇也许不是世界上天赋最高的运动员，而且卢克即使带着卫星导航系统和猎犬也找不到球网，可是这也不能成为你粗鲁对待他们的理由。快选！”

乔什[①]·坎想了一会儿，问道：“我能选那条板凳吗？”

全班同学都忍不住狂笑起来，我注意到邓纳姆老师的嘴角也稍稍翘起，流露出一丝笑意。我并不介意这些，因为我很清楚这个局面是怎么回事：

我的体育老师是一个超级坏蛋。

★★★

“哎呀，兄弟，虽然我很想相信你，可我觉得不大可能呀。”瑟奇说道。这段对话发生在选人风波的十分钟后，我们俩立在球场边线上，偶尔会有一帮同学在我们面前跑过，大呼小叫地追逐着皮球。

---

① 乔什是乔什帕的昵称。

“可是她的名字叫苏珊呀！”我说。

“呃……她叫苏珊所以她就是超级大坏蛋？为什么呢？”

“你还不明白？苏珊 · 邓纳姆，苏–邓纳姆，就是‘化名’这个单词的同音字啊！①”

瑟奇茫然地注视着我：“我不知道这个单词。”

身为一个漫画书超级粉丝，瑟奇有时候真是无知得让人惊讶。我只好给他解释：“化名就是说，你给自己取一个假名字，目的是保护自己的真实身份。比如谜语人，他给自己取名爱德华 · 尼格马，名的首字母和姓连在一起读，发音和‘谜’这个单词相同。② 还有，沃尔特 · 埃德蒙 · 高就是克里斯托弗 · 塔尔博特的分身。③”当时正是因为我们想通了这一点，才会去追踪邪恶的漫画书店老板。

瑟奇开始仔细考虑我的话。带着新的领悟，他开始留意位于球场另一头的邓纳姆老师的一举一动。球场上的同学们拼抢激烈，一堆人不断变换方向跑来跑去，邓纳姆老师迈开两条细长的腿急急忙忙地在人群后面追赶。他忽然问道：“你有没有想过，或许她是一个超级英雄，而不是坏蛋？英雄也会用苏–邓

---

① 作者在这里玩了一个同音字文字游戏。Susan 可以简称为 Sue，所以 Susan Dunham 也可以是 Sue Dunham，与 pseudonym（假名，化名）发音相近。

② 爱德华 · 尼格马的拼写是 Edward Nygma，名的首字母 E 和姓 Nygma 连在一起读，发音有点像 enigma，即谜。

③ 相关情节请参阅本系列图书第一册《我的哥哥是超级英雄》。

纳姆的嘛。”

“不可能！”我摇头道，“我们拿出手头的证据检验一下吧。”我说，“第一，上星期她给我们演示篮球快速运球技巧的时候把奥利弗·约翰逊撞倒了。”瑟奇疑惑地看着我。“可见她为了达到目的，不惜伤害一个无辜的旁观者，”我解释道，“这是典型的超级坏蛋行为。第二，在开学第一天，她很神秘地出现……”

“我记得她是开着一辆大众波罗车出现的。”瑟奇插话道。

“……而且她想也不想就霸占了麦卡恩老师的停车位。看到没有，她是一个不择手段的人！”我看得出瑟奇还是没有被我说服，可我还没出绝招呢！“第三，最确凿的证据就是你，瑟奇，就是你！”

“我？”

“你妈妈写了一张纸条让你带来了，对吧？”

“是的，那是要告诉老师我不能剧烈运动。”瑟奇说。

“然后你把纸条递给邓纳姆老师的时候，她有什么反应？”

“邓纳姆老师把纸条给撕了。”

“她不在乎！她不在乎你的纸条！”

瑟奇一下子呆住了：“这人可真坏！”

“可不就是嘛！”

他伸手遮住眼睛，挡着初升太阳的光芒：“这么说来，邓纳姆老师有什么恶毒的计划呢？”

“我很高兴，你终于问到点子上了！”我们注视着她以超级恶人常见的反应，闪电般避开了埃德·斯坦斯菲尔德踢出的精准任意球。我说：“嗯，一开始我还以为我们学校下面埋着一个被禁锢了一千年的怨毒恶灵，她可能想把这个恶灵放出来。这个假设能够解释为什么你在过道中行走或者在教室里坐着的时候，会感觉到一种阴森森的、恐怖的气氛。后来我突然意识到……她可能是冲我来的。”

瑟奇把一只手搭在我肩膀上表示安慰。初中的第一个学期比我预想的更加难熬。虽然我在暑假帮忙拯救了这个星球，可惜我的英雄事迹没人知道。即使有好几次我暗示自己和小星侠有点关系，可其他小孩听了不但没有对我肃然起敬，反而用古怪的目光打量我，还在排队取午餐的时候在背后低声说我是土鳖、怪胎。我感觉学校里每个人都知道自己在做什么，每个人都有明确的目的地，去往目的地的路上也有人陪伴。而我呢？虽然我有瑟奇，可是我俩只有体育课是在一起上的，所以我只能在课间休息的时候找他。至于拉拉，就算我没有把她惹毛，她也整天忙着暗翅女侠的大事，根本没时间和我玩。

所以，自从开学以来我就一直盼望着能有一个小假期，看起来我快要如愿以偿了。学校的管理员发现体育馆里长了一些古怪的霉菌，虽然看起来不像有太大危害，不会是入侵地球的异形的孢子，可是校长不愿意冒险。因此学校下星期将会关闭一周，好让他们用熏蒸消毒器消灭霉菌。整整一个星期不用见到乔什·坎，也不用听见班上同学的哄笑声，对我来说，这简直是极乐世界啊。

邓纳姆老师怒气冲冲地举起一张黄牌，在帕明德·肖德里面前挥舞。

“也许她是那种想构建一个完美世界的坏蛋。”瑟奇说，“她看到四周一片混乱，人们互相误解，她很不开心。她打算给这个世界带来纪律和规则，所以她强迫每个人都攀爬肋木和绕着球场跑圈。”想到这个可怕的未来，瑟奇慢慢地摇了摇头，“我可不想活在这样的世界里。”

可是瑟奇错了。我知道她的阴谋，她要做的事比瑟奇想象的更恐怖。“她要对付小星侠。”我说。

“不会吧！你怎么知道的？”瑟奇问。

“她办公室墙上挂着一张名单，标题是‘锁定目标’。你猜名单上第一个名字是谁？”

瑟奇扬起一条眉毛：“朱尔斯·利奥塔特[①]？”

有时候我真想……唉，算了！“不！”我轻叹道，“是扎克·帕克！不知她是怎么发现他的真实身份的。”

---

① 朱尔斯·利奥塔特：19世纪法国著名杂技演员。

瑟奇身子向后一缩："啊，糟了！她发现我们了！"

在球场另一方的右后卫防区深处，邓纳姆老师用她敏锐的目光一下子把我俩锁定了，就像青蛙用舌头粘住了苍蝇。"快！"我低声说，"假装你越位了。"

"太晚啦！"瑟奇叫道。

球场对面传来邓纳姆老师尖锐的哨声。她举起一条裹在运动服里的手臂，大声吼道："喂！你们两个，快上场比赛！你们害怕什么？"她的唇边掠过一丝残酷的微笑，"就算头发乱了也不是世界末日。"

瑟奇和我对望了一眼。世界末日？难道事情比我预计的更可怕？也许我们要对付的不是低等级的坏人，这个身穿浅蓝色运动套装、手中挥舞着镀银哨子的女人，也许是继天劫之后又一个威胁人类生存的大敌。

"哼哼，这回你说怎么办吧。"我一边问一边走进球场。班上的同学都在缓慢地拍着手，对我们冷嘲热讽。

瑟奇和我并肩走着，脸色铁青，坚毅地注视着前方："我们必须制止她！"

★★★

"哼，邓纳姆老师的脚踝没有骨折，这勉强算是个好消息。”校长说。这段对话发生在当天下午，地点是校长办公室。校长的脑袋长得像个番茄，他姓海内斯。真是个奇葩的组合。[①]我和瑟奇坐在校长对面，中间隔了一张像帝国歼星舰[②]那么庞大的办公桌。校长的脸浮现在歼星舰后面，用两道牵引光束似的目光死死地盯着我俩："不过你们两个小家伙惹的麻烦可真不小。"

"可是她有一张'锁定目标'名单呀！"我冲口而出，"就挂在她墙上！她还用血在我哥哥的名字上画了一个圈。"

海内斯校长皱了皱眉说："卢克，我猜那是红色圆珠笔画的吧。还有，我相信邓纳姆老师是想招你哥哥进田径队，他是邓纳姆老师的头号目标。"

"啊？不会吧，校长！"我冷笑道，"你真的希望我相信这鬼话？"

他把身体向前倾，一个像是熟透了的番茄的脑袋顿时塞满了我的视野。"那么你相信什么呢，卢克？"

我相信我们的体育老师只是用苏珊·邓纳姆的人皮来掩盖她可怕的真身，其实她是一个类似昆虫的超级坏蛋，她密谋要统治全世界。

---

① 校长姓Hines，读音与Heinz相近。Heinz即亨氏食品，生产的产品包括亨氏番茄酱。此处卢克是用谐音取笑校长。

② 帝国歼星舰：一种大型太空舰艇，出自科幻电影《星球大战》。

我耸了耸肩，答道："我不知道，校长。"

海内斯校长叹了一口气："你不知道……你当然不知道了。"

看来我确实怀疑错了。很不幸，我醒悟得太迟了。当天早些时候，我和瑟奇迅速发起了一个"维纳斯捕蝇行动"，并且大获全胜，将邓纳姆老师一举擒获。那是在中午时分，我和瑟奇在她的天然栖息地，也就是体育馆，安装了一个绝妙的陷阱。这个陷阱的材料包括两根带轮子的无挡板篮球柱、一张大网、装篮球的箩筐、一块便携式计分板，还有大量踏跳板。我们这个陷阱简直可以称得上是完美！最后邓纳姆老师被大网裹得紧紧的，整个儿塞进了装篮球的大筐里。她不停地发出惊天动地的尖叫声，我觉得这才是一个类昆虫超级坏蛋应该发出的声音。我们计划的第二阶段就简单了，我们只要等她褪去人皮，露出真身：啪啪作响的大钳子、毛茸茸的虫腿……

我们还在等她现形，可是下一个班的学生已经来上羽毛球课了。

海内斯校长重新坐直了身子，他的皮座椅发出嘎吱嘎吱的声音，就像我外公的膝盖。

"你要是能学到你哥哥的百分之一就好了。扎克·帕克责任心强，学习努力，而且成绩优异，是大家学习的好榜样。"

我很想尖叫！可我还是忍住了，只是在椅子里扭动了几下，胸口仿佛有一座喷发的火山。

“我也相信你们两个小家伙并不是真心想要伤害邓纳姆老师，然而这不代表你们的行为不需要受到惩罚。至于惩罚方式，邓纳姆老师已经决定了。”

把我们放逐到幻影空间①？还是把我们关进阿卡姆疯人院②？

“学校复课之后，除了正常的体育课，你们还要罚跑二十圈和爬肋木，每周两次。”

瑟奇的脸唰地白了，用法语嘟囔了一句话，连忙拿起哮喘药吸入器迅速吸了一口。海内斯校长还在继续唠叨什么责任心、学生行为，还有衬衫最顶上那个纽扣……然后他就打发我们回去上课了。

“苏珊·邓纳姆。”在走廊里，我摇了摇头。为什么这次我会判断错呢？我怎么也想不明白：“可是我当时很肯定……”

“面对现实吧，卢克，她不是超级坏蛋，她甚至连普通坏蛋也不是。”瑟奇叹道，“我猜连她的名字也不是苏珊。”

“可是有那么多证据……”

他抿紧双唇，然后爆发了：“那是你一厢情愿罢了！我们太痴迷于此了，一心想要经历新的冒险，走到哪儿都看到邪恶的东西。”他看着我，“也许我们应该把这些愿望都抛到脑后。我妈

---

① 幻影空间：美国DC漫画公司（Detective Comics，以下简称DC漫画）漫画作品中的一座虚拟监狱，用来关押重刑犯。

② 阿卡姆疯人院：DC漫画作品中位于哥谭市郊的一座疯人院，关押了小丑等恶人，他们均为蝙蝠侠的死敌。

妈说，上了中学，我就像来到了一条边界的边儿上，前面是一个更广阔的世界。”

我皱起眉头：“像中土大陆[1]？”

“对啊，我也是这样问的，可她不是这意思。”瑟奇说，“她向我解释说，她所指的那个世界对于我来说既熟悉又陌生，里面既有机会也有失望，既有爱也有心痛。这个世界就在我们面前，我们已经没有回头路了。”他在一间教室门口停下来，“我要上戏剧表演课了。”说完他没有道别就直接走进教室，开始一个小时的表演对白和舞台造型练习了。我突然觉得心里有一种可怕的忧虑感，我连忙耸了耸肩，把这种感觉驱散。他妈妈那番话简直是胡说八道，不过我对瑟奇有信心，他不会一直被那些话迷惑的。很快他就会重新振作，然后我们又能够并肩作战，把那些超级坏蛋都消灭干净。

我要赶去上连续两节数学课。我转过一个拐角，遇上了拉拉。自从上次我在树屋发脾气说她是“加强版白雪公主”以来，我们就一直没有说过话。这时她脸上竟然露出微笑，我心里的一块大石头终于落地了。

“嘿，卢克，”她说，“你能相信今早我遇上什么事了吗？

---

① 中土大陆：出现在J. R. R. 托尔金著作中的一块大陆，这名称来自古英语中的middgeard，意指“人类居住的陆地”。在中土大陆发生的故事有《霍比特人》、《魔戒》和《精灵宝钻》。

三架喷气式客机同时出现电子故障！它们已经进入最后犯贱[①]的阶段——哦，这是航空术语，是说飞机马上要降落了。”说着她伸出手，慢慢向下滑动，嘴里还发出喷气式飞机的声音。“可你应该看看扎克的身手，呜！嘣！嚓！我完全不需要出动我的鸽子，他一个人就搞定了。我晚点再详细告诉你吧，因为我不想上课迟到。”

“哦。”我郁闷地说。

“怎么了？”她停下来，伸手往头发里掏，“该不会又有刺猬藏在我头发里吧？”

“没，没有刺猬。”

“卢克，你没事吧？”

“我没事呀，血槽满格呢！”我挤出一丝微笑，说道，“对不起，我说你是垃圾超级英雄。”

“没事儿。”她说，“我知道你不是真的这样想的。”

其实，我几乎差不多基本上就是这样想的。左邦上次来访，竟然把那么烂的超能力赠给拉拉，我甚至有一点庆幸自己错过了。

拉拉两只脚不停地动，对着我腼腆一笑：“卢克，有件事情我想对你说。这事儿有点……尴尬。我本来没想跟你说的，可

① 最后犯贱：此处拉拉又说错了，应该是“最后进近”。

是——”

就在这时，她英语课的两个同学从我们身边快步走过，拉拉顿时警觉起来，语气也变了：“啊！我要迟到了！我得走了。”她一边说着一边跑开了，“我们一起吃午餐吧。”她转头大声说，“明天学校餐厅有素千层面。”就这样，她转过拐角消失了。

我站在空荡荡的走廊里，回想她刚才说的话。除了她的古怪举止之外，还有两件事让我觉得担心。第一，我讨厌素千层面；第二，喷气式飞机是不会无缘无故从天上掉下来的。

·4·
噩运三文鱼鱼柳

“卢克·阿尔弗雷德·帕克！从今天开始，我禁止你再玩《小星侠》！”

妈妈发现了我在学校的杰作后，她一下子就蹦上了屋顶。她冲进我的房间，抢走了我的Xbox游戏机。她告诉我，只有当我不再闯祸，她才有可能把游戏机还给我。棒极了！先是围巾特工队散伙，现在连游戏机也没了。我本想跪在地上，求她可怜可怜我，可是我知道这样做根本没用。要是妈妈会改变主意，小丑也会改邪归正去给小孩子办生日会了。

她甚至不让我用客厅的那台电脑，这下我就不可能上网调查飞机坠落神秘事件了。我的一切都被剥夺了，现在我只能像古代人一样看电视新闻了。

更烦人的是，扎克的空中救援比拉拉描述的更精彩！和往常一样，现在几乎人们的每个动作都会被好几个手机的摄像头拍下来。一开始，只见三架飞机排好队准备降落，降落指示灯都已经亮了。突然画面闪了一下，接着三架飞机就一起往下栽去。

电视台用飞行员和机场塔台之间的对话作为画外音。第一架飞机冲向地面的时候，你能听到：“希斯罗机场[1]塔台，这是速鸟二十四号。两台发动机完全失去动力，正在尝试重启。求救！求救！”塔台还没来得及回复，其他两架飞机的驾驶舱同时发来了同样的求救信息。

电视新闻中甚至有机舱里面的视频片段。乘客们都在尖叫、哭泣，拿着手机拍摄的那个人发狂似的对他的小孩说话，说诀别的遗言。那场景太恐怖了。

然后——

“快看！”坐在他身边的一个女人喊道，用一只颤抖的手指指着舷窗外，于是他把手机转向窗外。一开始什么也看不到，然后突然有一个人以三百英里（约合483公里）的时速从云层中飞下来，赶来救援。那是……

“小星侠！”那个女人喊道。

“还有……一个人！”那个男的叫道。

---

① 希斯罗机场：伦敦国际机场的名字。

这时候，新闻画面切回飞机外面的场景。只见小星侠高速飞近飞机，斗篷在风中猎猎飘动，他的徽记在阳光照耀下闪闪发亮。他绕过机翼，用力场裹住坏掉的发动机，再以心灵遥感止住飞机高速下坠的势头。暗翅女侠则派遣大群鸽子停在机翼尖上，帮助飞机保持平稳。然后小星侠紧挨着第一架飞机的驾驶舱飞行，还向两个飞行员行礼致敬。最后他引导飞机安全降落。

机舱里，乘客们的尖叫声变成了激动的欢呼声。拿手机录像的那个男人一边哭一边告诉孩子，他很快就能回家与他们团聚了。

连我也不得不承认，我哥在做超级英雄这份工作上已经慢慢开窍了。尤其是行礼致敬这个举动，实在高明。

“那些乘客太幸运了。”妈妈一边说一边抹去眼泪，看着那些乘客沿紧急逃生滑梯滑到跑道上。一排救护车和消防车在那里等候着。

从统计学角度，我实在是难以像妈妈那样为乘客们感到庆幸。在当今的科技条件下，三架飞机在同一个机场、同一时刻一起下坠，这概率实在太低了，所以这事有些可疑。“什么意思？”我不禁问道。

“要是这事发生在其他地方，小星侠就没办法赶去救人了。”

我怎么没想到这一点呢？妈妈说得对。这真的是巧合吗？还是别有内情？我要调查就必须得上网。

“妈妈，我真的需要用电脑做作业。”

“真的吗？你怎么就不能像你爸和我小时候那样，用蜡板和尖笔去学习呢？”

我认为妈妈只是在故意逗我，因为只有古希腊人才用蜡板和尖笔，而且那时候学校里没有女生，我妈也没有两千五百岁那么老。

“好吧，你就用那台电脑吧。”她让步了，“不过我要安装一套新的安全系统，确保你用电脑只是为了做作业。”

我信心十足地坐在显示屏前——世界上没有哪个安全软件是我绕不过去的。

然后妈妈拉过一张凳子，坐在我身边。

唉，原来是这个安全系统……我还真没辙了。

前门传来钥匙转动的咔嗒声。扎克这段时间总是从他卧室的窗户进出，所以开门的肯定是爸爸，他今天下班又晚了。爸爸和妈妈在同一家保险公司工作，是我们镇上一家很大的保险公司，小行星天劫造成了巨大破坏，所以他们公司最近赔了很多钱。虽然小星侠截住了小行星的主体，却无法挡住砸下来的成百上千块石头。那些石头击穿窗户，砸烂汽车，甚至把一艘船击沉了。所有这些损失都要由保险公司赔偿。

爸爸出现在客厅门口。只见他眼睛凹陷，脸色苍白，面容憔悴，看起来比往常更加疲倦。他在客厅门口徘徊着，就像一个没得到邀请所以无法走进来的吸血鬼。“嘿，卢克，今天在学校过得好吗？”

“别提了！”我还来不及回答，妈妈就抢着说。

爸爸直视妈妈的目光，用一种“这话不能当着小孩面讲”的语气说：“我们能谈一谈吗？”

妈妈转头看着我，举起一根手指警告说：“我回来就查你的浏览记录！”

他们躲进厨房，我终于有机会干活了！我一点也不担心妈妈查我的浏览记录，因为她什么也找不到！我是一个忍者，驾驶的是一架涂了隐形墨水的隐形战机。

我一开始搜索就忍不住想起了拉拉，她在这方面很在行，我都有点怀念她了。在她获得超能力之前，我们一聊起天来就说个没完，可是现在我们之间隔了一道无形的屏障。这个隐形屏障一点也不酷，因为在她面前我已经不知道该说什么好了。

我的研究结果就摆在面前，我找到了刚才和妈妈一起看的那个新闻片段。我快进到飞机坠落的前一刻，一帧一帧地查看，终于找到了我要找的东西：屏幕左上角，有一道闪光在云层中若隐若现。

“你在干什么呢？”

说话的是扎克。我刚才过于聚精会神，完全没听见他回家。他已经脱了超级英雄装束，只穿着平常衣服，不过这些衣服一看就知道是干净而且熨过的。他的头发抹了发胶，看上去就像插了一根根钉子。

“我觉得你应该看看这个。”我说。

他打了个哈欠。“能不能等会儿再看？我已经快累死了。我拦下三架飞机之后，又赶回学校连续上了两堂伯尼克老师的英语课。你别看截停飞机好像很难，其实英语课……”他摇了摇头，“然后我和卡拉还有个约会。”说完他整理了一下衣领，对着镜子收拾一番。

卡拉是拉拉的姐姐，我哥暗恋卡拉的力度比绿巨人还强。可他并不是和她“有个约会”，至少不像他吹嘘的那样。不管他怎么装，其实他只是去给卡拉补习物理罢了。可悲的是，他完全是一厢情愿。虽然我没有超能力，可我知道我哥的死穴在哪儿。她的男朋友还好吧？我想。传心术是扎克的超能力之一，而我们两兄弟之间有一种特殊的心灵感应，所以我知道我的问题会在他脑子里以电影院环绕立体声的音质爆响出来，让他加倍不爽。

“我受够你了！”扎克大吼一声，脸色也变了，变得好像恼羞成怒的八爪魔司令一样。他竖起一根手指不断地摆动，警告我说：“你再滥用我的传心术，我就把你屏蔽掉！听到没有？”

这家伙有些反应过度，我又没用我们的心灵感应做些鸡毛蒜皮的小事。

“你当然有！”扎克知道我在想什么，“你总是这样做！上星期你用心灵感应叫我帮你去便利店买组合装薯片。”

“那……还不是因为我们的薯片吃完了嘛。”

扎克很生气地扬起双手：“我根本就不在便利店那儿！我当时正跟一个戴着狮子头套的家伙近身肉搏呢！别提问！别岔开话题！可这还不是你滥用心灵感应最恶劣的一次，哼，还不算呢！最恶劣的是你考数学的时候问我答案！”

这个例子太具有代表性了！我哥是个品学兼优的学霸，最受不了的当然是考试作弊。

他大步走到门口，嘴里嘟囔着：“我是世界上最伟大的超级英雄，他却把我当送外卖的使唤，还把我当计算器了。”

“扎克，对不起，请你别走好吗？我觉得那些飞机是被某种电磁脉冲武器击落的。”

他很怀疑地扬起一条眉毛：“请你告诉我，这个疑似电磁脉冲枪，会不会是你的体育老师的？”

啊！“原来你也听说这事儿了。”

“嗯，没错，整个学校的人都知道了。你已经成为大众笑柄了，卢克。”

“可是我当时真的很肯定邓纳姆老师是坏蛋。”我抱怨说，“所有证据都指向这个结论。”

他用拇指指着屏幕上的照片：“你可别告诉我这张照片也证明了什么超级邪恶大坏蛋的存在。”

没错！“世界上没有一个国家的陆军、海军或者空军拥有强大到足以击落民航客机的电磁脉冲武器。”我解释道，“这件武器是从空中发射的，可是并没有报道说附近有别的飞行器。如果你把这个因素也考虑在内，可见那个武器是雷达监测不到的。所以说，制造这件武器的人一定掌握了更先进的科技。如果那人不是超级坏人，我就把我那顶限量版红色复仇者[1]的帽子吃下去！”

扎克叹了一口气，终于让步了：“好吧，那你就把这个既能隐形又能飞的神秘武器指给我看看。”

“在那儿，闪光那里。”

他身体前倾，斜眼看向屏幕：“你在开玩笑吗？那东西什么也不是！也许是别的飞机的灯光，也许是镜头上的污渍，没有别的。”

“那么那些飞机为什么会突然从天空中掉下来呢？”

“我怎么知道？虽然我会飞，可这不代表我就是飞机工程学专家啊。而且你也不是专家。你不懂，不代表你能胡乱下一些荒谬的结论。”他悲哀地摇了摇头说，“你看哪儿都能发现超级坏蛋，这日子还怎么过？”

算了，再劝他也没有意义，反正他又不是世界上唯一的超级英雄。明天我要把心中的疑虑告诉拉拉，就算因此要吃一顿素千

---

① 红色复仇者：DC 漫画作品中的超级英雄，因身穿红色风衣而得名。

层面我也认了！

妈妈叫我们吃饭了。和往常一样，我们四个人坐在厨房里共进晚餐。虽然我不像扎克那样有超能力，可是我一坐下来就马上感觉到有点儿不对劲。一团阴云笼罩着饭桌——这团阴云可不是来自那一锅煮熟的饭。没过多久，那条坏消息就揭晓了。

爸爸被保险公司解雇了。

“他们解雇你是因为你违反了公司规定，还是因为你涉嫌诈骗？”我问道。

“很不幸，都不是。”他说着，用叉子叉起一块食物，“卢克，真实原因没那么刺激。因为天劫，公司赔了很多钱，所以必须裁员。”

扎克一下子坐直了身子。“可是这样很不公平。”他说，“天劫是……那句话怎么说的来着，是神力所为？”

“你说的对。”爸爸说，“可是当小星侠挡住天劫的时候，上面掉下来的那些碎片……呵呵，那些是人为的，虽然那是一个类似超人的人。那些碎石砸坏了房子和汽车，都要公司赔偿的。”

我看了我哥一眼，只见他的两个拳头握得紧紧的，指节已经变成了白色。

“我只是公司缩小规模的牺牲品罢了。”爸爸一边说一边举起叉子，“没错，这就好像我们被一束微缩射线射中了。不用你问，我先回答了。”他干笑了一声，妈妈把手盖在他的手上。

我知道公司缩小规模和微缩射线完全是两码事儿。微缩射线又贵又复杂，保险公司会用这项技术去裁员？这个主意简直荒谬。不说别的，光算一下他们要付的电费就知道不划算了。我看看围坐在饭桌边上的几张忧虑的脸，每个人都在想同一个问题，却没人开口问……看我的。

“这么说，”我谨慎地挑选合适的字眼，“你准备再找一份工作吗？还是打算以后就一直在家里耗下去？”

“卢克！”妈妈呵斥我。

“你白痴呀？”扎克一拳打在我胳膊上。

爸爸只是哈哈一笑：“不用担心我，卢克。那份工作就像《霍比特人》电影三部曲，已经变得又臭又长了。对我来说，一个全新的开始没什么不好。我已经迫不及待想看看未来有什么在等着我呢。让暴风雨来得更猛烈些吧！”

然后他叹了一口气，低头看着面前的三文鱼鱼柳。

·5·
散伙

现在是学校暂时关闭前一天的最后一小时。走廊上挤满了匆匆赶去上最后一节课的学生，这堂课之后就是珍贵的一周假期了。我一整天没见到瑟奇，现在终于在去上最后一节课的路上遇见了他。我们在嘈杂的人流中身不由己地向前走着，瑟奇要上地理课，我是去上艺术课，所以马上就要分开了。可是很快我就会知道，这一次分别，其实有更深的含义。

“‘你不能过来？’什么意思？”我说，“我们有很重要的事情商量，是关于围巾特攻队的。”

瑟奇很尴尬地看了我一眼：“是我妈妈。她知道邓纳姆老师那件事之后，就说你把我带坏了，还叫我疏远你。”

“我？疏远我？”我气坏了。

“对啊。今天一整天我都想告诉你，可是我实在说不出口啊。你是我最好的朋友，而且你又那么敏感……”

“我一点儿也不敏感！”我气冲冲地说，“我也没有把你带坏，我也不会拖累朋友……呃，总的来说不会拖累朋友。”

“我知道，我也是这样和我妈妈讲的。我说卢克·帕克虽然看起来总是过分自信，甚至有点自以为是，可是如果我们透过现象看本质，你就会发现，他内心深处只是一个渴望被他人接受的焦虑的小男孩。”

“我可不会这样形容我自己。”我嘟囔着。

我们快走到地理课教室了。“我爸妈吃晚餐的时候还说起让我转学。”瑟奇低声说，“我根本不想提这件事，他们是吃奶酪的时候说起这个话题的。”

太可怕了！瑟奇不仅是我最好的朋友，而且现在是我唯一的朋友。午饭时我去餐厅等拉拉，想跟她谈谈我那套关于“是什么击落了客机”的理论，可是她始终没有出现。不用说，肯定是去哪间着火的老人院拯救老头老太太去了。她竟然忍心放我鸽子，自己跑去做她的暗翅女侠，如果连瑟奇也抛弃我，以后午餐时我就只能缩在学校餐厅一角，孤零零地吃三明治了。

瑟奇不忍心直视我的眼睛。“对不起。”他说，“真心对不起。”

这个局面还没到无法挽回的程度。毕竟他和我共患难过，一起闯过了世界末日的浩劫，世上没有什么能够拆散我们，哪怕是他妈也不能！我只需要找到合适的说辞。

“哼！”我狠狠地说，“我也不需要你！”说完，我沿着走廊大步向前走去，再也没有回头。

★★★

这一整天我在学校受尽打击，一回到家就马上躲进树屋里。我孤身一人，身边只有一碟涂满香滑花生酱的三明治和一杯加了双份巧克力的奶昔……现在还有一只田鼠——它是替拉拉送道歉字条的跑腿儿的。

我打开字条一看，果然不出我所料，拉拉失约了，她真的去干超级英雄的活儿了。她写道，她本来想稍后就来找我的，可是她妈却要带她出去买鞋。这句话说明了一切，我在她心里还不如一双芭蕾舞鞋重要呢。先是瑟奇，然后是拉拉，至于扎克，就别提他了。像小星侠那么重要的大人物，早就没空理我了。

田鼠坐在门口抬头看着我。我敢发誓，连它也为我感到难过了。

“你还在等什么？”我问它，“小费？”

田鼠没说话。

“好，我就给你提个醒吧。”我咬了一口三明治，说道，

“躲开那些猫头鹰，明白了吗？”

田鼠茫然地看着我。

“因为它们是你的天敌。”我一边咀嚼一边解释。

连田鼠也没兴趣听我的话。我叹了一口气，挥舞着手中的半块三明治，说：“有一件事我想不明白，你知道是什么吗？”

田鼠不知道。

“就是决策人左邦！他第一次来的时候，除了赠送超能力之外，还警告我们天劫要来了。天哪，好恐怖的一个谜团，世界末日呀……然后他顶着那个闪闪发亮的跨维度脑袋又来了，这次他干了什么呢？他把拉拉变成了一个超强版的‘鼠语者’——不好意思，我无心冒犯你——然后就没了。既没有警告，也没有古古怪怪的预言，什么也没有。”我停下来，用双吸管狠狠地吸了一大口奶昔。可是等我放下杯子，那只田鼠已经不见了。我把脑袋伸到树屋外面，只见它急匆匆地跑进了花园。

“左邦赠送的超能力可不是白给的！”我向着田鼠的背影大喊，“所以问题是，我们这次将会遇上多可怕的危险呢？甚至一个超级英雄都不够，竟然需要两个一起上？我告诉你，有些很恐怖的东西正在慢慢逼近，它们要来布罗姆利镇了。记住我的话吧！”

可惜没有人会记住我的话，只有在枝叶间盘旋的秋风愿意搭理我。老橡树的叶子在风中颤抖着，发出哗啦哗啦的声响，仿佛一堆骨头在互相碰撞。

·6·
渺小地球人!

随着嘭的一声巨响，我的小假期正式拉开了序幕。紧接着是嚓的一下，最后竟然还有原子武器轰击的声音。我连忙掀开被子，跑下楼去看个究竟。我顺着这些轰鸣声来到客厅，原来是爸爸正瘫坐在沙发上，面对着电视屏幕玩我的Xbox游戏机。妈妈已经去上班了，扎克去了图书馆准备两年后的几门考试。我觉得“去图书馆”可能是某个“制止一起银行抢劫案”或者“解救人质”行动的代号，不过我哥是个超级书呆子，所以说不好他还真的去了图书馆。

爸爸身穿一件在家里穿的睡袍，脚踏一双绿巨人拖鞋。这是他上一个生日时我给他买的礼物，可是他平时穿这双拖鞋时，经常是拖着两只脚走，手上还拿着一杯巧克力，一点霸气也没有，完全不像那个能把一切都砸得粉碎的绿巨人。

“早上好，儿子，你感觉怎……哎！等等！”他止住了话头，快速地按游戏手柄上的开火键。屏幕上，一栋看起来很眼熟的建筑物爆炸了，扬起一团放射性的粉尘。

“嗯？这不是高第街上那间博姿连锁店吗？”我问道。

“对。”爸爸点了点头，继续发狂似的玩那个游戏。

一个以布罗姆利镇为背景的电子游戏？有古怪！我想。可是话又说回来，这有什么古怪的，我们布罗姆利镇还住着两位超级英雄呢！这个游戏的包装盒扔在地板上，侧面写着“实验室老鼠游戏设计公司”，我没听说过这家公司。包装盒上面五颜六色的，画的是一片正在燃烧的城镇郊区，上面有几个很突出的大字，正是这个游戏的名字：《渺小地球人！》。这个游戏肯定是爸爸在镇上买的，在这个游戏里，他正兴高采烈地把我们这个小镇炸成一片废墟。太好玩了！这时我突然想起妈妈的禁令，我不能走进距离Xbox游戏机十米以内的区域，于是连忙后退一步。

“你去哪儿？”爸爸问，“我们可以双打呀。”他把另一个手柄扔给我，“来，我们玩合作模式。”

哈！这回爽了。既然爸爸不反对，我当然没意见啦！于是我一下子滑倒在沙发上，就坐在他身边，马上开打了。

根据我在攻打高第街过程中掌握的信息来看，这个游戏是外星人侵略地球主题的一个变异版本。在这里你不需要对抗一拨又一拨的外星侵略者，因为你自己就是外星侵略者！你可以坐在轰炸机的驾驶舱里实施轰炸，也可以在一英里（约合1.6公里）长的外星母舰的舰桥上进行远程调度，甚至可以进入外星霸主的脑子里制定战略战术。在设计上，实验室老鼠游戏设计公司可以说是不遗余力，把游戏画面制作得十分精美。当然了，小镇地面上难免被炸出许多弹坑，大片大片的地区被摧毁，可如果你忽略掉这些损毁因素，游戏里的布罗姆利镇甚至比现实中的更漂亮。

游戏设计者不但细心地复制了布罗姆利镇，还把镇上的居民也放进了游戏里，很多脸孔我都认得。比如镇长、在邮局工作的那个阿姨，还有在学校门外卖棒棒糖的一个叔叔。

“你不觉得这个游戏有点……古怪吗？”我说。

爸爸的眼睛一直盯着电视屏幕，说道：“什么叫‘注意细节’？儿子，这就是注意细节。可惜你做功课的时候完全做不到。”

我不理会他的攻击，继续提出我的疑问：“那是住在六十五号的米塔莉吗？”我身体前倾仔细看去，只见一个小人在公园里呈之字形奔跑，一支外星人突击小分队在后面紧追不舍。“真的是她！他们还把她的复仇者背包也弄进游戏里了！”我想，既然米塔莉在游戏里，我会不会也在呢？我马上驾驶着战斗机飞到摩尔街，降落在我家房子外。然后我控制着外星人战士从驾驶舱跳下来，迈着笨重的脚步穿过车道，一脚踹烂了大门，闯进我们的屋子。

我的爸爸和妈妈就站在走廊上。

我忍不住哈哈大笑起来。他们看起来和真人一模一样，甚至连爸爸皱起眉头的那个表情也做得惟妙惟肖——爸爸每次看某种工具器械的操作手册时就是这种表情。

“我授权他们这样做了吗？没有啊。”爸爸一看见那个模拟的自己，马上说。

“应该没有。”我说，“可是你不得不赞叹他们多么‘注意细节’啊。”

他斜眼瞪了我一下，然后脸上又恢复了一副迷惑的表情：“可是我们的五官相貌，他们是怎么得到的呢？”

我耸了耸肩说：“也许是他们从你的借书卡上拷贝的吧。”管他们怎么弄的呢，反正这游戏太好玩了！我操纵外星人战士在屋子里四处寻找，却没看到虚拟的我，却发现扎克在他的房间里看书，正是我们平时看到的样子！我正要把他炸成灰烬，却被爸爸制止了。

我在屏幕上打开菜单，按了几下按键，离开了这个士兵，一下子转移到位于旗舰上的外星霸主那里。我要回去做更重要的事情：制订侵略整个地球的策略。

地球小人儿派出他们的军队，可是那些主战坦克、攻击直升机和战斗机在我们外星人的强大武器面前完全不堪一击。我觉得这回我们赢定了。可是就在这时候，局势突然起了变化。

地球最强大的守护者出现了。

小星侠和暗翅女侠呼啸着飞了过来。我还来不及反应就被他们打得落花流水，一直被赶回了半人马座阿尔法星A的老家。

我们战败之后，屏幕上播出最后一条过场动画，只见入侵地球的外星舰队都夹着绿色的尾巴逃跑了。

爸爸转头看着我，扬起一条眉毛，咯咯笑着说："怎么样？弗里博司令，第九象限的恐怖之主，洛堡弗洛斯部落的征服者，闪亮蛋羹勇者令的持有者，我们再来一盘，怎样？"

于是我们接着玩，玩了整整一个上午。我们消灭了四大碗家乐氏可可脆米、将近两个大号比萨、一升可乐、一盒巧克力极度诱惑雪糕。下午我们又吃了一顿下午茶，吃掉了一整盒焦糖脆饼（妈妈把它藏在碗柜深处，还以为我们不知道）、上午吃剩的比萨、一盒餐后薄荷糖（这盒糖是别人送的礼物，包装精美，每颗糖都用绿色箔片裹好）、一筒半品客薯片，还有一个苹果（要营养均衡嘛）。

就在我对惊慌失措的人类展开下一轮猛烈进攻之前，我想到了这个游戏另一个值得我钦敬的地方：R&D实验室。爸爸解释说，"R&D"是"研究和开发"，而不是"磁轨炮和死星"的缩写。[①]不过爸爸也赞成，在这个游戏里面，就算R&D指磁轨

---

① 磁轨炮和死星（RAIL GUN & DEATH STAR）的缩写也是R&D。

炮和死星也没什么不妥。这个实验室位于外星霸王母舰的核心地带，你可以在实验室内使用纳米复制机设计和制造各种各样的武器。很明显，有些武器是必备的，比如声波爆能枪和热力雷管。还有一些特殊的武器，比如能在大箱子里种出来的坦克、转基因杀人企鹅等。只要你能想到的东西都能在这里造出来，这里简直是邪恶版的《我的世界》①！

扎克要是不接触星光就会变弱，记得吗？于是我胡乱拼凑出一个能够让天空的云变多的武器，可是游戏里的小星侠和暗翅女侠只需要飞出云层就能补充能量了。在现实中，经过克里斯托弗·塔尔博特那一次挫折，扎克每次出动时都会确保体内至少有一半能量，而且每天晚上都会把能量充满。他总是小心翼翼地补充能量，就像他总是按时交作业那么认真。

终于，爸爸和我放下游戏手柄，把布满血丝的眼睛从电视屏幕上移开。我们这才发现，我们已经把游戏中布罗姆利镇的惨况带到了现实家中的客厅里。地毯上的食物残渣和包装纸盒简直可以填满整个垃圾场了。墙上本来挂着一幅妈妈读艺术学校时创作的画，可是现在只剩下了一个略带灰尘的轮廓和一枚钉子。我隐约记得率领地面部队向镇政府礼堂发起总攻时，身后传来碰撞的响声，我当时还以为那是一流的环绕立体声制造的效果呢。

---

① 我的世界：著名沙盒游戏，玩家可以自己创造自己的世界。

爸爸把画从沙发背面捡起来。

“为什么妈妈不搞艺术创作，却在保险公司工作呢？”

爸爸沉思了一会儿，说道：“追逐梦想是好事，可是结果并不总能尽如人意，所以你必须知道什么时候应该停住脚步……难哪。”他伸出一根手指在画上轻轻地游走，然后把它挂回墙上。

“爸爸，你已经停止追逐梦想了吗？”

他缓缓地点了点头：“对我来说，停止追逐梦想倒不是太难。”

“为什么？你本来梦想成为什么？”

他把画摆正：“一个绝地武士。”

难怪。

爸爸环顾客厅里的惨况：“或许我们应该把吸尘器拿出来。”

“对啊，或许我们应该把吸尘器拿出来了。”

“或者……”爸爸的目光一下子又跳回电视屏幕。游戏菜单占满了整个画面，那个“开始”键不断地跳动着，就像一颗脉冲星。“渺小地球人！”从5.1声道音箱中传来电子合成的外星人的声音。

“不，我们不应该做。”他说，“绝不能这样做。”

“绝对不能！”我附和道。

“准备，一号玩家！”爸爸说。

不可思议的是，妈妈下班回到家时，竟然完全看不出我们这场马拉松游戏留下的任何痕迹。那片一度被垃圾山掩埋的地毯又完整无缺地重现人间了。我们有一瓶名为“我无法相信那是牛油”的去污剂，能够非常有效地清除巧克力极度诱惑雪糕造成的污迹。我注意到妈妈短暂地检查了一下那幅画，不过就算她觉得有什么不对劲儿，她心中的怀疑也很快就消失了——爸爸今晚下厨做饭，成功地分散了她的注意力。早些时候我问他今晚做什么菜，他说“战术性农家馅饼①”。

扎克打电话回来，说别等他吃晚饭了，因为他要——他的原话是——“在图书馆待到很晚”。我才不信他去图书馆了呢，相信你也和我英雄所见略同。

能和爸爸一起玩《渺小地球人！》这个游戏，我觉得很开心。可是有一个难题始终没解决：虽然我们花了一整天时间想出各种越来越残暴的策略，却怎么也抵挡不住小星侠和暗翅女侠的联手攻击。这个游戏很简单，你要是不消灭地球上的超级英雄，你就赢不了。

整个晚饭期间我一直在想这件事。我知道，我那么急着要干

① 农家馅饼：有牛肉碎及番茄酱，若改用羊肉碎则是牧羊人馅饼。二者皆为英国传统食物。

掉小星侠和暗翅女侠，不仅仅是因为我想挑战这个电子游戏。在虚拟世界里被他们击败倒是小事，可是在现实生活中我也被他们排斥和冷落！他们让我很受伤，甚至比我那次做黄蜂学术演讲的情景更让我受伤。当晚刷牙时我做了一个决定：既然在现实中我对他们无可奈何，那我就一定要想办法在游戏里击败他们！

我爬上床睡觉的时候突然想起那三架民航客机，还有我怀疑的那个超级电磁脉冲武器。从昨天以来，这还是我第一次想起这些事。我关了灯，看着树影在天花板上晃动。也许扎克是对的，根本就没有什么超级武器。再说了，就算真的有超级坏蛋躲在幕后操纵，我又能怎么办呢？扎克和拉拉根本就没兴趣听我说，围巾特攻队连名字还没选就散伙了，甚至连瑟奇也不理我，我现在完全被孤立了。我身边的每一个人，从我哥哥到体育老师到学校同学，总是不断地提醒我，我是一个半点用处也没有的蠢货。

哼，既然别人都不管，我为什么要操这份心呢？我决定把这一切都忘掉，在这一周小假期里征服全世界，好好地享受一番。

·7·
《超人之死》

怎样才能打败一个超级英雄呢？

在去高第街的公共汽车上，我想这个问题想了一路。我需要灵感，所以决定去水晶漫画书店碰碰运气。自从暑假的天劫事件之后，我就一直没有来过这里。我走下227路公共汽车，抬头看着书店熟悉的店门，突然感到一阵深深的遗憾和心痛。上一次我是带着瑟奇和拉拉一起来的，现在却只有我一个人。不过，这里还发生了其他变化。

当时的水晶漫画书店老板克里斯托弗·塔尔博特（也是一个超级大坏蛋）在天空中被一个时速四万三千公里的小行星撞飞之后就再也没出现。他失踪以后，他的商业帝国迅速衰落。他那间火山主题的旗舰店，也就是他的老巢，空置了一个多月，然后就竖起标志牌，显示这里将会开一家玛莎百货。在水晶漫画书店的魅力型老板失踪后，组成这个帝国的一间间连锁店陆续被竞争对手买下，到最后只剩下高第街的老店还在勉强支撑着，就像一支强大的星际舰队只剩下一艘嘎吱嘎吱作响的破飞船。

我推开店门，只见店里以月球基地为主题的装修摆设已经变得很陈旧：入口处的那个异形扫描仪需要换一个新灯泡了；从通风口伸出来的那些触手失去了原有的那种显得黏糊糊的光泽；地上本来飘荡着绿色的“火星”气体，现在已经好几个星期没人去把泵重新灌满了。店里空荡荡的，弥漫着一股腐朽的气味。只有寥寥几个顾客在看那些积满了灰尘的小人偶。竟然有人坐在一张靠背椅上轻声打鼾，脸上盖着一本《超人之死》。

幸好书架上还摆满了漫画书。如果有人知道怎么击败小星侠，那么这个人一定是莱克斯·卢瑟、万磁王、行星吞噬者，以及成百上千个在漫画书世界的黑暗空间里游荡的超级坏蛋。以前有一种叫“漫画准则”的东西，要求每个故事的结局必须是好人战胜坏人。虽然大部分故事都遵守这个准则，可也有一些坏人取胜的例外，只是作者需要创建平行宇宙来安插这些故事罢了。我收集了许多本邪能胜正的漫画书，开始做研究。

柜台上的收银机后面传出一个人说话的声音，伴随着熟悉的撞击和爆炸的音效：“哈！你猜不到吧？恐惧吧！”我很好奇地往高高的柜台后面瞟了一眼，只见一个身材瘦削、顶着一头深色乱发的助理销售员正盘腿坐在地板上玩《渺小地球人！》。这间店也有相当数量的电子游戏存货，还有一台游戏机放在大堂正中心让顾客试玩。肯定是那个店员把游戏机从展示台上搬下来，拿到柜台后面玩，这样就不怕那些烦人的顾客打扰了。

店员有一缕头发垂下来挡在一只眼睛前面，店员透过这缕头发盯着屏幕。“来吧小星侠！”他一边说一边耸起双肩，整个人压在游戏手柄上，“看你怎么避开这一招！”说完，他按照一种很复杂的次序快速按着手柄上的各个键，“原子爆能枪！等离子大炮！高热射线！”他连续喊出各种绝招，“来吧，你这个讨厌的面具怪！快给我从天上摔下来！”突然，我听见一声尖叫和金属撕裂的声音。我知道这声音意味着什么，因为我每次玩都会经历这一幕：小星侠摧毁了外星人的母舰。

游戏结束。

“啊？不会吧！”店员哀号着一把扔掉游戏机手柄，“太不公平了！”这时候屏幕上出现游戏结束时的工作人员名单，还配上小星侠胜利的主题音乐。这是全宇宙最令人讨厌的音乐，我听了太多遍，这旋律已经烙进我脑子里了。在高昂的小号声中，店员留意到我伸到柜台上方的脑袋。他把那一缕顽固地垂在眼前的头发吹开。“我能帮你吗？”话虽然这样问，他的语气却清清楚楚地表明了他的态度：他压根儿就不想帮我。

而且我知道他完全帮不上忙，因为他自己也打不过小星侠。

这店员打游戏的水平太烂，从他身上我是没办法学到一两招必杀秘技的。“你也玩《渺小地球人！》啊？”我说。

“哼哼！”他一边回答一边很幽怨地站起来，“现在谁不玩这游戏呀？”

“什么意思？”

“你没有上GameSpot网站看吗？”

自从妈妈监视我用电脑以来，我就一直没机会上游戏网站。我摇了摇头。

他看我的眼神充满震惊，好像我错过了世界上最轰动的头条新闻——如果你看新闻都是上GameSpot和Den of Geek网站看的，那么你确实错过了近期最大的新闻。他挥舞着那个我十分眼熟的游戏包装盒，说道：“两天前这个地区家家户户的门前都放着这个游戏，他们选中了布罗姆利镇来给这个游戏做前期测试，然后才在全世界发行。你要买那些漫画书吗？”他指着我手里的漫画书问道。

“哦，不用了，谢谢你，我要找的东西不在这儿。”

“浪费时间。”他嘟囔着缩到柜台后面，继续打《渺小地球人！》。

为什么实验室老鼠游戏设计公司要给布罗姆利镇每家每户送这个游戏呢？也许这是一种很高明的广告活动？关键是我认识的每个人都会玩这个游戏，包括瑟奇和在学校欺负我的那些同学在内，人人都想努力击败小星侠和暗翅女侠，总有人会想到办法的。突然之间，这个游戏仿佛变成了一项竞赛。我顿时抓狂了：我一定要成为那个想出破解方法的第一人！

凭什么我不能做破壁人？说到底我有一项优势是其他人没有的：内幕消息！比如说，我知道扎克对猫有轻度过敏，可是即使你用多筒高速大炮把猫射上天，你也不能把他打下来（是的，我在母舰研发实验室造过这种大炮）。我敢肯定，击败小星侠的窍门就隐藏在我们两兄弟之间错综复杂的关系里。如果世上有一个人能够找到小星侠的死穴，那么这个人必定是我。

我心都痒痒了，连忙快步向店门走去。我要马上赶回家，打开我的Xbox，找那两个讨厌的家伙再决高下。我从那个在椅子上睡觉的人身边经过时，他发出很响亮的鼾声，盖在他脸上的漫画书滑下来掉在地上，露出了那张一直隐藏在《超人之死》下面的脸。我顿时倒抽一口凉气：我还以为再也见不着这张脸了。

克里斯托弗·塔尔博特睁开了一只眼睛。

·8·
我们又见面了

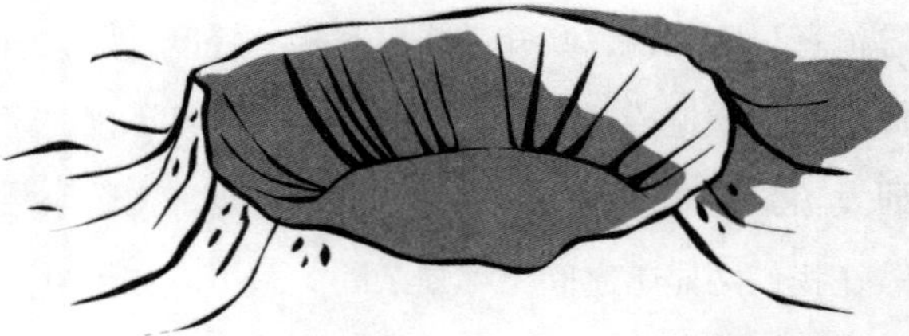

我的第一反应是拔腿就跑。上一次克里斯托弗·塔尔博特和我同处一室的时候，他指使他的机器人打手围攻我。后来我为了活命，紧紧抱住他的火箭驱动超级机甲不放，他还做各种花式飞行动作想把我甩下来。

“是你！”他嘶哑着声音说，无比惊讶之情只能用剧烈的咳嗽表达出来。他面容憔悴，骨瘦如柴，好像连呼吸都有些困难。他那双眼睛本来像宝石般闪亮，现在却黯淡无光。他的头发原来很有弹性，就像一只过分热情的拉布拉多犬身上的毛那么弹力十足，可现在只是耷拉在脑袋上。看来他被那个巨大的小行星撞得不轻啊。

上次我们交手的时候，我向塔尔博特证明了，虽然他自命为英雄，其实只是一个不折不扣的坏蛋。当时他就很愤怒，所以我很难想象他会不生我的气。我向四周匆匆扫了一眼，没有发现机器人打手。

他扶着座椅的扶手呻吟了一声，双手支撑着座椅站起来。“再见到你真高兴，卢克。”他说，两片薄薄的嘴唇微微分开，露出一丝微笑，“你还好吧？”

我很惊讶，回答脱口而出：“还好。”然后——感谢爸爸和妈妈多年来训练我要讲礼貌——我忍不住加了一句：“你呢？”

“哦，呵呵，那个天劫小行星把我撞得几乎散架了。幸好有马克十四亚轨道超级机甲的坚硬外壳保护，我才保住一条小命。我是在韩国的一间医院里苏醒的，还失忆了。”

我不禁浮想联翩：“这是不是意味着你已经忘……”

“不好意思，我没忘。我还记得你哥哥就是——”他用一只手罩着嘴巴低声说，“小星侠。”

可惜啊。

他把后来发生的事情一一告诉我：“在首尔的医院里，那些医术高明的医生把我的伤都治好了，可是医疗费太贵，我被迫卖了许多间分店才勉强把账单付清。然后他们把我运回来，却发现我家已经被天劫散落的碎石炸成了灰烬。真是讽刺。”

“可你不是买保险了吗？”

“我忘记续费了。”他耸了耸肩，“呃，不过，至少我身体还算健康。”话音未落，他又猛咳一阵，“见到你真高兴，卢克，你让我想起了以前的好日子，当然还有一些不那么好的日子。不过我们都不要记仇了，好吗？”

他为什么那么友好呢？我怀疑其中肯定有诈。他变成今天这样一个废人，很大程度上是我造成的。如果我处在他的位置，我知道我会怎么想。

“你在想：我敢打赌，他一定要报仇。”克里斯托弗·塔尔博特扬起一条眉毛，说道，“你想，你害得我那么惨，我一定要找你报仇。嗯？”

“哼，难道你不想报仇吗？”

他用一只粗糙的手托着脸颊，手指慢慢地敲着脸颊。“在一个理想的世界里，我想不想找小星侠和他的小帮手报仇？我当然想了，这是很自然的。要是我不想报仇，别人就会觉得我疯了。可是你看看，我现在钱没有了，家也没了，每天只能住在这间店的里屋，睡沙发床。你应该比别人更清楚，没有一个合适的老巢，没有几百万去做研发，你是不可能做好‘超级坏蛋’这份工作的。死亡射线可不便宜呢……嗯，当然，和微缩射线相比，它已经算便宜了……哦，扯远了，我们说回老巢吧。你要是想买一座合适的房子进行改造，你知道这一带房价有多高吗？更不用提布罗姆利镇议会的城市规划委员会了，总之重建老巢这件事是没戏了。唉，不过说真的，我原来不是建了一座火山吗？里面全是受了辐射的蜘蛛。现在我哪怕只是想加盖一间厨房他们也不会发批文了。”他很沮丧地摇了摇头。

我才不信他的话呢。“这么说来，要是你有钱了，也有了建筑许可证，你就会报仇了？”我说。

“我完全没有这个意思。你忘了，我从来都不想做坏人，我一直以来只想做个英雄。”他的目光越过了我，望着远方，“我这一生只有一个梦想，就是成为超级英雄。”他眨了眨眼睛，“可是那个梦想已经破灭，现在站在你面前的只是一个谦卑的卖书人罢了。”

他说的话我一个字也不信。我仔细端详他的脸，想找到一些透露他真实意图的线索，可是我只看见一条条皱纹。我说：“你和天劫可算是擦肩而过了，然后呢？”

“什么然后？”

他把我当傻子吗？“你的意思是，你当时距离银河系最大的一颗小行星那么近，却没有获得一点点超能力？你指望我相信这鬼话？”我说。

他点了点头：“你说的也不是没有道理。在漫画里，从小行星或者陨石那里获得超能力是一个经典桥段，有人或许觉得这桥段已经被用滥了。你也知道我的过去不是很光彩，其实以前我也尝试过这个方法。”他想了想又说，“唉，现在每逢天气剧变，我的右脚就有刺痛的感觉，不过我觉得这更像是关节炎的症状。”

突然，他把一只手放在胸口，然后伸出另一只手，用一种很古怪的声音颤抖着说：“现在我已把我的魔法尽行抛弃，剩余微弱的力量都属于我自己。”

说完他看着我。“《暴风雨》[①]。”他解释道。

“出自《终极X战警》吗？”

他叹了一口气：“出自莎士比亚。”

哼，我还是不相信他，这种套路我见得太多了。坏蛋在一个故事里被打败，在下一个故事里又出现了。这一次他表现很好，好像已经痛改前非……其实那是他的诡计！在英雄最没有防范的时候，他就会露出邪恶的真面目，然后……

“我知道你在想什么。”

“啊哈！”他在无意中承认了，我马上揪住他不放，“因为你获得了心灵感应超能力！”

“不，卢克，因为你和我很像。”他很尴尬地干咳了一声，“如果我没有害你的哥哥，没有试图把你从我的超级机甲上面甩下去……我们本来可以成为朋友的。唉，不管怎么说，那些不愉快的事都已经过去了。你以为我装出一副好人的样子，其实暗地里还在密谋复仇？你真的错怪我了。我真的洗手不干了，我

① 《暴风雨》：莎士比亚作品，此处采用的为朱生豪先生翻译的版本。

再也不做超级坏蛋了。”

他肯定是在撒谎。

“我没有撒谎。”

“你发誓。”

“好啊！没问题！只要你愿意相信我就行。我应该对着什么发誓呢？”他拖着一条腿走到一个摆满了漫画的书架前，拿了一本下来：“我用奇异博士的魔法令起誓？‘以霍戈斯上古魔尊之名’[1]……不好？哈，我有一个经典的，是希曼[2]的咒语，‘骷髅堡赐予我力量吧……我是希曼！’啊，不行，我没有希曼那把宝剑，不能说这句话。等等，我知道了，哈！我想到一个完美的办法，我可以说绿灯军团[3]的誓词！”

“不行。”我毫不犹豫地拒绝了他。

“蓝灯军团[4]的誓词呢？也不行？不够大众化吗？好吧。”

我有个更好的主意：“你必须用小星侠的誓词发誓，你已经改邪归正。”

这段誓词是瑟奇想出来的。在天劫事件后，一切和小星侠有关的东西，包括这段誓词，迅速火爆起来。我劝瑟奇向商家索

---

① “以霍戈斯上古魔尊之名”：这是奇异博士施魔法时说的话。

② 希曼：动画片《宇宙的巨人希曼》中的主角，20 世纪 80 年代被引进国内播放，风靡一时。

③ 绿灯军团：DC 漫画作品中的星际警察部队，其成员即绿灯侠。

④ 蓝灯军团：DC 漫画作品中的类似绿灯军团的组织，以“希望”为力量源泉。

赔，可是他拒绝了，说这样做违背小星侠行侠仗义的精神。然后有个饶舌歌手在新歌《莫让我再度冷静》里面盗用了这段话，结果这首歌红了，那个歌手用赚来的钱买了一座小岛！

关键是这段誓词能够帮助我确认克里斯托弗·塔尔博特是不是在说谎。小星侠击败过他，现在我还逼迫他念诵小星侠的誓词，我也知道这样做很残忍，可是如果这段话卡在他喉咙里说不出口，我就心中有数了。

我盯着克里斯托弗·塔尔博特的脸，留意着最隐秘的微表情。只见他咽了一下口水，额头滚下一颗汗珠，嘴角轻轻抽搐了一下，然后就开始念了：

宇宙神力，
无往不利。
星光灿烂，
驱除黑暗。
守护我家，
唯小星侠。

整段誓词背得一字不差。

“好了！”他念完，一拍双手，“我们一起好好喝杯茶吧。我还有消化饼呢。”

“哪种消化饼？”

“有毒的那种。”他说话时两条眉毛一动一动的。

我知道他是在说笑，可我还是决定不吃他的东西。

“能麻烦你帮个忙吗？”他指指靠在他椅背上的一根拐杖。

我把拐杖递给他。他拄着拐杖一瘸一瘸地向前走。经过柜台时，他发现柜台竟然没人看着。

“拉夫！”他大吼一声。我猜他是在叫那个脑门上顽强地垂着一缕刘海的店员，“拉夫·皮科克！你在哪儿？”然后他啧啧两声，“我现在已经请不起员工了。那是我姐姐的儿子，哼，我让她儿子在这儿干其实是看在她的面子上。”说完他用拐杖指着没人看管的收银机，“你看，裙带关系就是这么可怕。”

我不懂什么叫“裙带关系”，可是我觉得怪怪的：克里斯托弗·塔尔博特居然也有亲人？我一直不明白为什么漫画书里很少提到坏蛋的家庭生活，也许是因为如果读者知道坏蛋也有父母，就容易对他们产生同情吧。

“今天是拉夫最后一天在这里工作。他走后这里就只剩下我一个人了。呵呵，呵呵。”他环顾空荡荡的书店，“哦，我们刚才说到哪儿来着？对了，茶和消化饼。”

我立刻警醒自己：和一个原来名叫“暗能量”的坏蛋共进下午茶？我这是在想什么呢？“不好意思，我得走了。”我马上拒绝了他，然后快步向门口走去。

他的脸一下子耷拉下来了："好吧，好吧，当然了，我明白的。"

我回头瞥了他一眼，只见克里斯托弗·塔尔博特驼着背拄着拐杖站在那儿。"那就下次再说吧。"说完他苦笑了一下，然后拖着腿朝书店的里屋走去。

我跌跌撞撞地走回人行道上，深深地吸了一口气——我现在才意识到自己刚才憋气憋了多久。突然，我心中产生了一种很古老很原始的感觉，过了好一会儿我才想明白这种感觉是什么，顿时觉得难以置信：我竟然在为克里斯托弗·塔尔博特感到难过。

9
最后一招

从书店出来后，我在高第街上游荡，只觉得天旋地转。世事就是这么奇怪，我竟然与克里斯托弗·塔尔博特重逢了，他竟然还活着！他肯定有阴谋，对吧？难道他真的像他宣称的那样，把面具和斗篷都封存起来了？既然他已经通过了我的小星侠誓词压力测试，那我基本上就可以下结论了吧？不过即使是最精妙的测试也会被破解，柯克船长不就胜利完成了不可能完成的“小林丸号”测试[1]吗？帕明德·肖德里不也在号称“不可能通过”的不许用计算器的心算测试里考了满分吗？

---

① “小林丸号”测试：出自科幻影视作品《星际迷航》，是星际学院学员的测试科目之一，用来测试学员面对必死结局时的心理和应对，根据程序设定这项测试不可能通过，但柯克船长在军校时，通过修改测试程序通过了测试。

扎克曾谴责我走到哪里都看见超级坏蛋，这么说来，现在我对克里斯托弗·塔尔博特的猜忌会不会也是我自己多疑呢？他确实曾经做过超级坏蛋，可是按照他的说法，那只是一个意外……我已经糊涂了。通常我是很相信自己的直觉的，可是在邓纳姆老师这件事上，我的直觉竟然大错特错，再加上学校同学和我哥的打压，我已经失去信心了。我需要听听别人的意见，于是我坐公共汽车回到镇中心，然后直奔瑟奇家。

★★★

瑟奇家在一个死胡同里。“死胡同”三个字是法语，[①] 也许他爸妈把家安在那里是为一解乡愁吧。他家的车道上有两辆自行车，我认得瑟奇那辆标致牌山地自行车，可是另一辆闪闪发亮的自行车我却没见过。那是一辆改装过的赛车，脚踏板升级成了鹿野牌的，车轮上还镶了碳素轮框。

我怕他妈妈在家，所以不敢按门铃，只能绕路偷偷溜进他家后院。瑟奇的卧室正对着一个小花园，花园里有一个长了一双翅膀的小男孩雕像，朝一个圆形小水池里撒尿。我俩刚认识的时

---

① 死胡同的法语是 Cul-De-Sac，但是这个词在英语国家里也通用，写在交通标志上，用来提示来往人等这条路是死路，没有别的出口。

候，发现我们的卧室窗户竟然遥遥相对。于是我们花了一周半的时间，每天站在窗前挥手，又用灯光做信号，逐步增强亮度，想试验一下我们能不能看到对方。结论是否定的，我们没办法直接看到对方，毕竟我们两人之间隔着三点七公里呢。

我把双手拢在嘴边学猫头鹰叫。我们其实没有事前约定什么暗号，只是在这一刻我觉得就应该这么做。我只叫了几声，瑟奇就出现了。他打开窗闩，推开窗户。

“啊，我就猜到一定是你。”他低声说，“你来干什么？”

我正要回答，窗前出现了另一个人。我几乎不敢相信自己的眼睛，那人竟然是乔什·坎！这个把我害惨了的家伙一脸奸笑，就站在我最好的朋友身边。

“哈，原来是卢克·癫痫者[1]大驾光临。”说完，乔什发出刺耳的笑声。

“根本就不好笑！”我说，“什么‘癫痫者’，一点儿意思也没有。”

“当然好笑了！”他厉声说，“史蒂夫，你也觉得好笑是吧？快告诉他！”

史蒂夫？他管谁叫史蒂夫？

---

① 卢克·癫痫者：《星球大战》里的卢克全名为卢克·天行者，乔什这是在用读音相近的字取笑卢克。

瑟奇看看他，再看看我，然后又看回他，说道：“呃，我也不觉得好笑。你经常耍小聪明玩弄英语单词，我觉得很难理解，你知道吗？”

我看得出乔什并不在乎瑟奇的感受。乔什说：“随便吧。我有更有趣的事情要做，可不想浪费时间跟像卢克·哭鼻子这样的废物瞎扯。哈！卢克·哭鼻子，这个名字有趣吧？我们走吧，史蒂夫。”说完他就走回房间，消失不见了。瑟奇还倚在窗台没走。

“史蒂夫？”我问。

瑟奇苦笑着说：“当初我们互相介绍的时候他就没认真听，现在已经过了那么久，再纠正他未免显得不礼貌，甚至有点风险。”

我没弄明白这是怎么回事：“你跟这人怎么还好上了？”

“是我妈妈和他妈妈安排的，她们觉得我们交往有好处。他们一家曾经去布列塔尼半岛①度假，在一栋乡间别墅里住过一个星期。”他耸了耸肩说，“自从小假期开始，我就被他缠住，整天玩《渺小地球人！》。”

这正是我担心的——不，这比我担心的更糟糕：瑟奇和我的死敌合作，玩一个我志在必得的电子游戏！“你打败小星侠了

---

① 布列塔尼半岛：法国西北部的一个半岛。

吗？”我问完，屏住呼吸等瑟奇回答。

“还没呢。”瑟奇说，“他的护体力场把他和暗翅女侠都护住了，根本不可能被击破。”

太好了，胜利的果实还没被摘走！今天总算有点好消息。我正要告诉他克里斯托弗·塔尔博特的事，从屋子前面的车道突然传来一阵柴油发动机的轰鸣声。

“是我妈！”瑟奇失声喊道，“她去尊巴[①]回来了！”

“尊巴是什么地方？”

“尊巴不是地方，而是一种舞蹈……哎呀，现在这都不重要了！要是她发现你在这儿的话，我们两个人都死定了！你必须走，马上走！”

“别担心，我就像蝙蝠侠，”我说，“无声无息地，神不知鬼不觉地，隐形——”

“卢克！”

“好吧，好吧，我这就走。”我停顿了一下，“可是有一件很重要的事我得跟你说，今晚来树屋找我。”

“我不能来呀，你也知道的嘛。”

“瑟奇，你听我说，克里斯托弗·塔尔博特还活着，我觉得他在密谋报仇，也许是我多疑了，可是我自己也搞不清楚……不

---

① 尊巴：时下流行的一种健身舞蹈，源自巴西。

管怎么说，我需要你的帮忙。”

瑟奇沉默了。四周突然一片静寂，我甚至能听见那尊带翅膀的小男孩雕像喷水时发出的飕飕响声。

“史蒂夫！”乔什的吼声响起来，“我在等你哪！”

“对不起。”瑟奇说完，不等我反对就把窗户关紧、锁上，然后转身进屋了。

·10·
能力越大就越讨厌

走在回家路上，我的步履沉重，可我的心情更沉重。瑟奇怎么可以这样对我？他竟然宁愿和乔什·坎玩，也不愿意来树屋找我，不愿意和我一起制订一个极其复杂的行动计划，不愿意帮助我挫败一个潜在的超级恶棍的阴谋。

虽然他不肯帮忙，可是我们那个老团队的其他成员或许愿意出手。半小时后，我来到了拉拉家门前。开门的是她的姐姐卡拉，也就是扎克暗恋的对象。

卡拉今年十四岁，是一个危险人物。我说的“危险”不是指她有毒牙利爪的那种危险，而是指她的霸气。卡拉能够凝视这个世界，然后大声宣布：“我来了，都给我让开！”这种气场才是最恐怖的。她的黑头发油光水亮，她的指甲都是蓝色的，她的鼻翼上嵌着一颗闪闪发光的鼻钉。还有传言说她曾经一个人去参加一个在野外举行的音乐节。她有学校足球队队长芬·斯坦顿那么高，她还有一个名叫马蒂亚斯的“维京海盗”男朋友，马蒂亚斯的朋友的朋友还曾经在一家乐购城市店里遇见过《银河护卫队》里面的反派星云①。

卡拉把耳机从耳朵里拿出来，我顿时听见一阵轰隆隆的音乐声，那是暗黑比利的新专辑。“小家伙，你好。”卡拉的声音很低沉，话中的每个字从她嘴里懒洋洋地滑出来，仿佛它们都躺在某个懒人沙发上，就等着被人推下来呢。最近她总是叫我“小家伙”，我猜这是因为她记不住我的名字。这样也挺好的，我喜欢。

“卡拉你好，拉拉在吗？”

“在，她可算是肯回家了。”卡拉摇了摇头，“我还从没见过谁像我妹妹那样，老是去图书馆，她都快变成一条书虫了。”

原来拉拉也用扎克的托词，假装去学习，其实溜得比松鼠还快，跑出去干一些英雄的“勾当”。

“对，我也感同身受。”我说，“我哥也是一天到晚泡图书馆，我甚至给他起了个外号叫‘蛀书沙虫’。说起沙虫，那是一种体形庞大的虫子，来自阿拉吉斯星球。阿拉吉斯星球是一个沙

---

① 星云：漫威宇宙中的大反派，与复仇者联盟为敌。

漠星球，是香料‘美兰极’的产地。其实那些沙虫更像七鳃鳗，而不像虫——”①

“她在自己房间里。”卡拉突然说道，然后侧身让我进去。

我小跑着上了楼梯，来到拉拉房门前，刚举起拳头要敲门，房门突然打开了。只见拉拉站在门口，手里紧紧抓着一个旅行袋。我知道旅行袋里装着她的暗翅女侠装束。

“哦，卢克，你好。不好意思，我刚好要出去。”她拍了拍旅行袋，“里面是小鸟？是飞机？不，其实是我。”说着她笑了，“你懂的。”她从我身边经过，走到楼梯口。“去图书馆咯。”她说这句话时声音很大，其实是说给她姐姐听的。卡拉在楼下前厅里，正站在衣帽架前和“维京海盗”男朋友马蒂亚斯拥抱呢。

“你能等一等吗？”我用很急的语气低声说，“我有很重要的事！”

她犹豫了一下。“让我看看。”她一边说一边闭上眼睛。

我马上明白这是怎么回事了：她正在通过传心术和扎克联络呢！我心生忌妒，只觉得心里一阵刺痛——虽然扎克威胁说要把我封杀，可这依然是我们两兄弟之间的特殊纽带啊！

“扎克说我只有五分钟。”

---

① 沙虫、阿拉吉斯等情节，出自美国作家弗兰克·赫伯特的经典科幻小说《沙丘》。

“哼，他可真慷慨呀！”我绷着脸说，“我还不知道你们两人已经开始一起做这事儿了。”

“做什么事？用传心术联络？哦，对呀，既然你能够通过思想来交流，又何必用电话和松鼠呢，对吧？”

“嗯。”

“等我们讨论完你的重要事情后，”拉拉很紧张地笑了笑，“也许我可以跟你说一下我的事？有件事我真的要跟你说，卢克，而且只跟你一个人说。”

“当然可以。”我朝楼下那对正在亲热的情侣瞥了一眼，有点担心我们的谈话会被他们听见，“也许我们应该找个没人的地方继续说。”我转身向她的房间走去，只见那房门是半掩的。

“啊，不行，你不能进去。”她一下子跳过来，拦在我和房门中间。

“为什么不能？”我斜眼从她身后的门缝往里看去，发现房间里面异常整洁。我刚刚开始有点怀疑，眼前突然闪过一条快速晃动的大尾巴，马上证实了我的猜测。“你是不是使唤森林里的动物给你打扫房间？”我问道。

“没有！”

“拉拉？”

“哎呀，好吧，就当我有吧。请你不要告诉扎克！他说过，要是我们用超能力去做一些和行侠仗义无关的事，我们就会逐渐堕入原力黑暗面。”

我顿时火冒三丈！那句话不是他说的，是我说的！

这时我们脚下传来几声吱吱叫声，原来是一只灰色的兔子蹲在门口。

“不，红色上衣要放在有抽屉的衣柜里。”拉拉说。那只兔子于是一蹦一跳地回到卧室。“你要跟我说什么来着？”

我把遇见克里斯托弗·塔尔博特的详细经过告诉了她。拉拉听完，仔细想了想，说道：“你应该告诉扎克。这件事听起来很重要，他肯定会彻底查清楚的。”然后她把手搭在我手臂上，“卢克，你来找我，我很高兴。我们真的很久没有好好聊一下了，最近发生了那么多事……”她停顿了一下，“你知道吗，这事儿挺好玩的。我从左邦那里得到超能力之后，一开始我居然觉得害怕，因为我不知道该怎么做，我甚至不知道自己是不是真的想做一个超级英雄。可是扎克说了几句话，帮我想通了。‘并不是每个人生来就能担负起改变世界的大任，可是对我来说，我已经不可能选择重新像普通人那样生活了。’这句话说得真好，你哥真的很睿智啊。”

我简直不敢相信竟然会听到这句话！“那是蜘蛛侠说的！”我气急败坏地说，“是蜘蛛侠说的，不是扎克！”

“呃，随便吧，反正扎克能够将它复述一遍，也算是聪明了。”拉拉的眼睛闪着亮光，“我现在很享受做暗翅女侠的时刻。等我长大以后，我白天做兽医，其余时间就做暗翅女侠。我能问一只受伤的拉布拉多犬它哪里疼，我能告诉一只断了翅膀的天鹅怎么锻炼才能加速康复，啊，我都等不及要展开我的人生旅途了！你呢？”

“我也等不及了。”我嘟囔着。在我心里，“长大成人”这个念头总是充满了焦虑：学业、女孩子、正在融化的极地冰帽……对我来说，未来就像一个令人恐惧的大秘密，没有人会告诉我这个秘密是什么。拉拉和扎克当然不会有烦恼，因为他们有人生目标，就如同在未知的世界里有了一个保护罩。而我呢？我对未来一无所知，我也没有保护罩。

“可是有一件事……”拉拉清了一下嗓子，有点尴尬地开始说道，“这事儿我不知道该怎么说。你和我一起经历了很多事情，你就像我的——哦，等等。”

扎克又在问她大概什么时候能到，看来我们这次谈话只能结束了，拉拉又要飞了。

“唉，火烧到床头了还只顾照镜子，真的不应该。”拉拉说。

“是眉毛。”我叹了一口气，“那句话应该是火烧眉毛。”

她很疑惑地看了我一眼：“现在有一个生产床垫的工厂着火了。”

于是我离开了，好让她自由自在地去做她的超级英雄。我独自走在短短的归途上，突然觉得自己很悲惨。她那句话还没说完呢。“你就像我的——”什么？一个愚蠢的邻居？一个傻傻的朋友？当我回到家中，把外衣挂在走廊的时候，我脑子里突然出现各种恶毒的念头。她还敢那么自大？说真的，她那个所谓超能力其实非常可笑。能和刺猬聊天？哎呀！实在是不可思议！我居然还听她唠唠叨叨地拍扎克马屁，说他怎么善解人意啦，怎么冰雪聪明啦！我心中的怨恨沸腾了，就像一锅煮开了锅的意粉。现在我只想做一件事：玩《渺小地球人！》！我要把他们俩一起炸飞！马上炸飞！

我爸正在客厅里用Skype[1]和在苏格兰的爷爷视频通话。在我很小的时候，爷爷奶奶经常想见我，所以每天下午我都会站在一部iPad[2]前面，他们就冲我做鬼脸，还发出各种叽里咕噜的怪声。多年以来我一直以为他们是iPad上的一个应用软件呢。

他们正在讨论工作的事——我爸爸需要建议的时候还是会找他爸爸。我知道爸爸已经向一家公司投去了简历，不过现在还没有回音。也就是说，在我学校停课的这个小假期里，他都会待在家中。通常，在假期的时候，我们是由邻居威尔逊太太照顾的。她有一只耳朵听不见，视力和鼹鼠差不多，脚上穿一双室内用的毛巾拖鞋。换句话说，她简直是我心目中最完美的看护人。可是

---

① Skype：一款即时通信软件，可以拨打电话、进行视频通话等。
② iPad：美国苹果公司推出的平板电脑。

从昨天那场宏伟壮丽的游戏大战来看，爸爸会更好玩。

“哈！这不是我最喜欢的孙子嘛！”我进入iPad镜头时，听见了伯纳德爷爷低沉的声音。

“爸爸，”我爸爸说，“您不能偏心。”

我也知道爷爷这样做是不对的，可是我才不管呢，能够被人偏爱当然是好事。

“哎呀，我也知道。”爷爷说，“可是你看看这小伙子！”他满脸笑容，“最近过得怎么样啊，扎克？”

扎克？扎克！就连爷爷也偏心我哥？！

爸爸连忙叫爷爷把老花镜戴好，然后爷爷嘟囔了一声“不好意思”。我们闲聊了几句，他说他和奶奶很快就会过来探望我们，并参加詹妮表姐的婚礼。婚礼和宴会将在一个高尔夫球场举行，到时我必须穿西装和挤脚的皮鞋。看样子这个婚礼简直是个高度设防的监狱，我是无论如何也逃不掉了。

我和爷爷说了再见，然后就把iPad放在桌上。“我们继续玩《渺小地球人！》好吗？”我向爸爸提议。

“唉……”他叹了一声。

听起来大事不妙啊！我紧张地朝电视下面看了一眼。我的Xbox游戏机竟然没了，只剩下一个游戏机形状的洞。“哪儿去了？”我叫道。

“唉……”爸爸又长叹一声，“我们昨天打了一整天游戏，你还以为妈妈没发现呢？”

我的脸一下子拉长了：“啊？不会吧……”她知道了，原来她一直都知道，这回惨了。“她说没说我什么时候可以拿回游戏机？”

爸爸有些难为情地说：“你再也拿不回来了。”

“游戏机在哪儿？你们放哪儿了？在走廊的壁橱里吗？在你房间里吗？”

“在eBay网[1]上。”

“不！你们不能这么做！那是我的！我——”我感觉到滚烫的眼泪刺痛了我的双眼。太不公平了！

“卢克，好孩子，喂，你冷静点。这不是妈妈的错，其实是我错了，我昨天不应该让你玩的。可是当时我还在自怜自伤，然后……我也不知道电子游戏是否有危害，可是我知道打游戏很耗时间，因为我自己就曾经把一段最美好的光阴浪费在《半条命》[2]游戏上了。”他看起来有点魂不守舍，“一分钟前我还在黑山研究所[3]跟弗地冈人[4]火拼，转眼间我就已经在陪你妈妈挑选婚宴餐具了。”

可是我太生气了，根本不想听他唠叨。我只知道一件事：

---

① eBay网：一个线上拍卖及购物网站，总部位于美国。
② 《半条命》：经典第一人称射击游戏，曾在世纪之交在国外盛行一时。
③ 黑山研究所：《半条命》中灾难最初爆发的地方及故事主要发生地。
④ 弗地冈人：《半条命》中来自异空间的生物。

他卖了我的Xbox游戏机！“你是因为失业了，需要钱，所以就卖我的游戏机，对吧？”这句话太伤人，我一说出口就立刻后悔了。

爸爸好像被一束超强老化射线击中似的，脸一下子就瘪了。我想说“对不起”，可是这话卡在嗓子里怎么也说不出口。我只能飞快地逃回自己房间。

我砰的一下关上房门，然后一头扑倒在床上。这个世界太不公平，我很恼火！所有我信任的人都让我失望了，没有一个人理解我，也没有一个人知道我正在经受怎样的折磨。我翻身仰卧在床上，盯着天花板。我的绿灯侠闹钟的嘀嗒声打破了房间里的寂静。

世界上没有人明白我？这倒未必。

我知道有一个人肯定会理解我的。

·11·
卢克之怒

“你想要什么？”克里斯托弗·塔尔博特问。

现在是第二天早上九点三十分，我正站在水晶漫画书店门前的台阶上。按照书店的营业时间表，这里九点就应该开门了。可是我从九点开始敲门，一直敲到现在他才出来。

“我想在这里上班。”我又说了一次。

他低头凝视着我，脸上露出警惕的神情。“如果这里是维多利亚时代的英国，我要偷的那座房子的烟囱又堵死了，嘿嘿，像你这样又矮又瘦的小朋友，我马上就会雇你做帮手。可是你几岁来着？六岁还是七岁？”

“十一岁。”我狠狠地从齿缝里挤出这三个字。

“啊？十一岁？真的吗？不过也没啥区别，世界上有一样东西叫《劳工法》你听说过吗？再见。”说完他就要关门。

眼看门就要关上了，我连忙把一只脚塞进越来越窄的门缝里，说道：“喂，你在布罗姆利镇建了一座火山，又从火山基地发射一台由火箭推动的超级机甲，还用一台机器榨取我哥的超能力……你别在我面前扮演遵纪守法好公民！”

克里斯托弗·塔尔博特听了脸色一沉，两片薄薄的嘴唇抿得紧紧的。我察觉到他已经开始动摇了。“而且那张东西显示，”我指着营业时间表，“这地方老早就应该开门营业了。你那个外甥已经不干了，你没有其他员工，所以现在是你需要我。”

他的脸就像一个面具——我指的不是那些超级坏蛋戴的面具，而是另一种能够把一切都藏起来的面具。可是我知道他心里其实在认真盘算我说的话，所以我决定再给他一点儿甜头。“你不用给我工资。”我补充道，“所以严格来说，你并没有雇用我，所以你也不用担心犯法。”

我很需要这份工作！我之前无论如何也想不到我会那么迫切地需要这份工作！

“我看你这眼神特别熟悉。”克里斯托弗·塔尔博特说，用一双像时间机器塔迪斯那么蓝的眼睛盯着我，“我在照镜子的时候见过一百次了，你心里在盘算着一个阴谋！”

“被你发现了。”我举起双手假装投降，然后向他凑过去，低声说，“我打算统治全世界。”

他浑身哆嗦了一下。这一下哆嗦来得正好，我趁着他惊魂未定，一下子从他身边挤过去，走进店里。他站在门口，目光紧紧地跟随着我，就像岗哨里的一支自动机枪。“这是你们的一个阴谋，对吧？”他伸出一根手指指着我的死侍背包，“你包里藏着一些监视设备，是吗？这是一个陷阱！没错，就是陷阱。可是我没有图谋不轨啊！喂，你们谁在监听，我真的一点点阴谋也没有啊，听到没有？”他又转头看着门外的高第街，仔细查看每一个经过的路人。“是你那个讨厌的哥哥派你来的吧？”

“我今天来这里，和我那个讨厌的哥哥一点儿关系也没有。”我说，“呃……其实也有一点儿关系，不过不是像你想象的那样。”这时候，我已经找到了我这次来要找的东西：就在柜台后面的架子上，有一个外形敦实的游戏机。它和我离得那么近，我只要一伸手就可以和它进行亲密接触了。

我凝视着用精密压模技术做成的游戏机外壳。在那一片深邃的黑色中，我看见了自己的脸——他也在盯着我。虽然他看起来很像我，可是我敢发誓，这张正在与我对望的脸其实和我不一样，但也不是完全不一样，只是有一点儿不一样。这时候，在我的倒影的脑袋后面有东西在飘动，好像是……一件斗篷！这只能是光影效果。可是我还没机会细看，就有另一张脸从黑暗中冒出来了。克里斯托弗·塔尔博特站在我身后，喷出一团混杂着薄荷味牙膏和香肠三明治香味的气息，把我笼罩起来。

“我最受不了这些东西。”他指着游戏机说，“要不是你们这一代小孩子非玩不可，我才不会弄一台摆在店里面呢。这些电子游戏！”他很不满地摇了摇头，“像‘英国斗牛犬’[①]这种经典好游戏都哪儿去了？”他的眼睛蒙上了一层雾气，“这年头，学校里竟然会有十几个高年级学生拖着一个低年级的小孩在操场水泥地上走，还起哄嘲笑那个小孩……”他叹了一口气，“好吧。”

“好什么？”我有点犹豫地问道。

“你被录取了。”他说，“可是我这里不管饭，没有加班费，也没有养老保险。”

“我自己带饭了。”我指着我的背包说。

“你真是有备而来啊。好吧，我要去歇一会儿。”他向我敬了一个礼，“指挥官，舰桥就交给你了。”说完，他拄着拐杖，一瘸一瘸地向书店的里间走去。

我听见轻轻的咔嗒一声，里间的门关上了。虽然外面并没有顾客排着队等进场，可我还是不想被任何人打扰，所以我马上去把前门锁上，还把营业标志牌翻转，让“关门”那一面朝外。接着我匆匆忙忙绕到柜台后面，把那台Xbox游戏机从架子上搬下来，放在电视屏幕前，把线接好。然后我伸手去架子上拿游戏光

---

① 英国斗牛犬：British Bulldog，英国学校中学生常玩的一种集体游戏。

盘，头顶上的灯光射下来，穿透了光盘的分层，照出藏在光盘表层下面的一张像蜘蛛网似的精美电路图。我从没见过这么精美的光盘，游戏公司肯定在这个封面设计上花了一大笔钱吧。

我把光盘塞进游戏机里，一边等待游戏载入，一边打开我的背包。除了三明治午餐，我还带了一副耳机。这时候，游戏机嗡嗡嗡地启动了，我觉得自己顿时放松下来。我把耳机戴好，外面的世界慢慢消失了。这正是我需要的环境。我自信地握住手柄，接下来我将会依赖它的即时反馈系统和精准定位系统去控制我的外星人。我不能依靠瑟奇，不能依靠拉拉，不能依靠妈妈或者爸爸，更加不能依靠我的哥哥，能让我依赖的只有这个游戏机手柄。

进入游戏后，我突然觉得自己并不是孤身作战。在布罗姆利镇上，成百上千个玩家正聚精会神地和我并肩战斗，誓要把那个可恶的小星侠二人组炸飞！

可是我们怎样才能突破地球的最后一道防线呢？

我对敌情做了一次精准的分析：小星侠能飞，在外太空也能呼吸，懂心灵遥感和传心术，有星屏雷达以及护体力场。他需要星光来补充能量，不过他充满一次就能用好几天。而暗翅女侠只有……鸽子，她不能对我造成威胁，所以我唯一的障碍就是小星侠了。

我的母舰又一次着火坠毁了，我的耳边再次响起小星侠胜利的乐曲。没关系，我有的是时间——老实说，我有一整天呢！妈妈上班去了，爸爸以为我去瑟奇那儿了。早上我溜出家门的时候，爸爸几乎没有留意，也没有质疑我编的故事。他忙着上YouTube[1]看他童年时代的古老电视节目，一看起来就没完没了——每逢他难受或者觉得自己老了，他就上YouTube怀旧一番。这些节目的开头总有一列喷着蒸汽的火车驶进一个空荡荡的乡间火车站，剧集里面会有一个盲女孩、一个预言和一堆矗立的石头，或者有一匹刻在山壁上的白马，也可能是一匹恐怖的摇摇木马。那些节目里面总会——我再强调一次——有一个白衣飘飘的女孩在月色下奔跑，穿过一个雕像花园。一旦爸爸进入这种痴迷的状态，就很难有什么东西能让他分神了。

我从上一个存盘点重新开始游戏。

很难让他分神……有一个念头在我脑子里若隐若现：也许扎克最厉害的本领并不是左邦给他的那些超能力。我反复地思量，他在图书馆里学习，一坐就是好几个小时。没错，他脚一蹬就能从一栋高楼蹦去另一座大厦，可是他更厉害的是能够一动不动地把一本数学课本从头到尾看一遍。什么心灵遥感，什么星屏雷达，那些都算不了什么，他最可怕的本领是他能集中注意力！那个若隐若现的念头逐渐明朗起来，我感觉到一个破敌的计划快要

---

① YouTube：世界上最大的视频网站，用户可以浏览、上传、分享视频。

成形了。我曾经研究过他在激战中的行为模式，我知道他必须集中精神才能运用超能力。于是，一条击败小星侠的妙计就像鲨鱼鳍似的慢慢浮出了水面。

只要能分散小星侠的注意力，我就能打败他了。

如果小星侠不能集中注意力，他的护体力场就会消失；没有了护体力场，他就会被我的母舰上面的武器击倒。我迅速算了一下，外星人的电脑瞄准系统像闪电那么快，只需要两秒钟就能锁定目标并发射。只要能让他的护体力场消失两秒钟，我就赢了！

可是这个难题还有最关键的一步没解决：我怎样才能让他分神呢？一旦出现外来的威胁，星屏雷达就会发出预警，只要一眨眼工夫他就能启动护体力场。要破解他的超能力，我必须彻底分散他的注意力，让他完全留意不到身边发生的一切事情。我需要一个“战术性农家馅饼”①。不是真的农家馅饼，而是一种同样能分散扎克注意力的东西。

我已经很接近最终答案了。我感到那个答案仿佛就飘荡在我的指尖旁，可是当我伸手去够的时候，忽听我的耳机里传来一阵咚咚咚的声音。我连忙摘下耳机，那声音更响了，原来是有人在敲前门。我不情愿地暂停游戏跑去开门，原来是一个骑摩托车的快递员给克里斯托弗·塔尔博特送包裹。

---

① 这里的战术性农家馅饼是说爸爸做农家馅饼来分散妈妈注意力，将其命名为“战术性农家馅饼”。

“太饿煎鱼，小蜜。”快递员说。

“什么？”

身穿皮夹克的快递员摘下了头盔，任由一头长发披散在肩膀上。然后她脱下一只手套，把一个便携式签名设备塞给我，用一根尖笔敲着屏幕。我留意到她的指甲涂成了蓝色。“在这儿签名，小弟。”她又说了一次。

我当场呆住了。

“你没事吧？”快递员问。

我那个终极问题的终极答案就站在我面前（当然，我只是打个比方）！我签收了包裹，连忙扑回去继续打游戏。我不需要让小星侠分神，我只要分散扎克的注意力就可以了。我三两下就打开了霸主模式菜单，连上研发实验室，选择纳米技术复制器，然后开始设计那个对付小星侠的设备。我知道这一次我一定能打败他！我只用几分钟就大功告成了，最后一步就是要给这台设备起一个威风八面的名字。我想了一会儿，然后拿起游戏机手柄，开始输入我想好的名字。我想把这个武器叫作“末日杀机”，却不小心按错了键。可是重新打字太慢，我实在懒得改了，于是我的这件武器最后就被正式命名为“末日杀鸡”。

我重新开始过最后一关。我先把秘密武器准备好，然后向地球发动一轮猛攻。和往常一样，我先把人类的坦克和飞机打得七零八落，然后就等着。很快，地平线上出现两条线，小星侠和暗翅女侠来了。不过这一次我已经准备好了。

“他竟敢和我斗！”我听见自己喃喃地说，“他竟敢和我斗！我一定要打败他！我会一直追着他，哪怕要绕过尼比亚星球的大小卫星，哪怕要越过心宿二的大旋涡和毁灭的烈焰，我也绝不放弃！[1]”

他进入射程范围了。

我轻轻按下开火键，发射出我的秘密武器。和我预计的一样，护体力场闪动了几下就消失了。两秒后，母舰的武器系统发出轰鸣声，我的努力终于得到了回报：小星侠和暗翅女侠被炸得翻滚着飞向了外太空，多么壮丽的一幕！

我一下子蹦起来，在空中猛挥一拳。我终于成功了！我把他们两个人都打败啦！我胜利的欢呼声还在喉咙里，游戏机却传出一阵高频的尖啸声。我刚转头看去，游戏机突然爆炸，闪出一片绿光。

然后我就什么也看不见了。

① 电影《星际迷航2：可汗怒吼》中的台词，出自《白鲸记》，曾被美剧《生活大爆炸》的主角谢尔顿引用。

·12·
冠军奖品：一条大触手

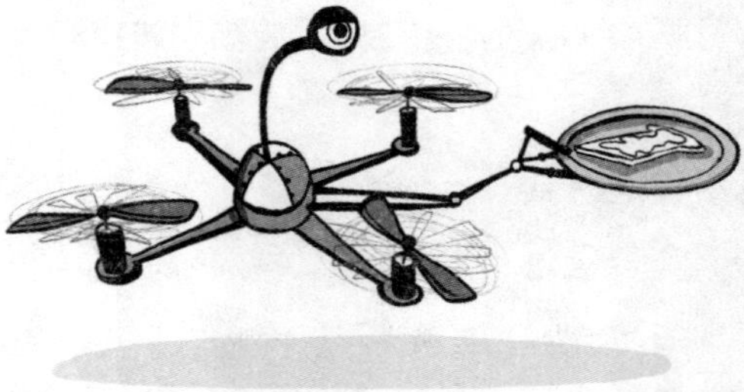

我睁开眼睛，一道银光射来，就像一根瘦骨嶙峋的手指戳进了我的眼睛，我不由自主地向后缩了一下。

"这一季的瑟威克斯·格苏弗隆①已经光临了。" 一个低沉的声音轰隆隆地从四面八方传过来。然后响起另一个声音，仿佛有人正在用湿手鼓掌："给他补充营养。"

我的眼睛慢慢适应了光线，这才看清周围的环境。我正躺在一个平台上面，这个平台位于一间很大的长方形房间的正中心，房间有两扇门。一条光柱从高高的天花板上射下来，正好照在我身上。地板上有纵横交错的标记，还有五颜六色的直线和曲线。

① 瑟威克斯·格苏弗隆：作者自创的外星人对想出破敌对策的人的称呼，意思是"带来毁灭之人"。

怎么看着这么眼熟呢？我突然察觉到高处有动静，原来一面墙上有一个监视窗，里面有一些模糊的人影，都在看着我。我觉得自己像一个躺在显微镜切片上的标本。我连忙坐起来，顿时觉得脑袋一阵一阵地痛。更奇怪的是，我突然有一种无比强烈的欲望，想吃……

“想吃面包抹奶酪吗，恐怖且伟大的瑟威克斯？”

我的耳边传来一阵微弱的嗡嗡声，我转头一看，只见一架无人驾驶的小飞行器正在我脑袋旁边盘旋。这架飞行器上立着一根细棍，顶端有一颗转个不停的电子眼珠。奇怪的是这东西看起来也有点眼熟。它端着一个银盘子，上面放着一片抹了白色奶酪的面包。

“哈罗米奶酪[1]。”那个声音说，“不但是宇宙中吃起来最‘嘎吱嘎吱’的奶酪，而且还是最咸的。经过这段旅程后，你的身体需要补充大量盐分。”

旅程？它这话什么意思？我贪婪地盯着抹在面包上的奶酪。说不定有毒？管他呢！我三两下就把整片面包吞到肚子里，然后从平台上跳下来。“我在哪里？你们是谁？”我向着高窗里面那些人影喊道。

---

① 哈罗米奶酪：一种软奶酪，主要用羊奶制造，源自中世纪拜占庭时期的塞浦路斯。这种奶酪熔点高，可以煎或烤至表面焦脆，所以外星人用“嘎吱嘎吱”来描述。

“我们一个问题一个问题来解答。”那个声音命令说，“把防爆护盾降下来。”

在一阵轰隆声中，一面墙壁左右分开，让我毫无阻隔地看到外面的景色。墙外的景象我已经见过无数次了，不过都是在相片里，而且每幅相片的角落都印着美国国家航空航天局的水印。

在我面前有一个蓝绿色大理石圆球——地球。

“这颗有点儿扁的椭圆的球就是你们所说的地球，我们就在它的同步轨道上。”那个声音平静地解释道，“按照你们的标准测量单位，我们正位于西经0° 2'36.5"、北纬51° 22'39.9"上方三万六千公里的高空。换句话说，我知道你肯定已经算出来了，我们就正对着酒厂路转角的A21号。”

我突然想起来在哪儿见过这架无人机了。“我在《渺小地球人！》的母舰上！”说完我深深吸了一口气。

“洞察力和判断力不错嘛！”那个声音称赞说，“不愧是瑟威克斯·格苏弗隆。”

“新的一季，新的瑟威克斯！”很多声音一起吟诵。

我顿时吓得腿软了，神情恍惚地在房间里走动。突然脚下一个踉跄，我慌忙伸出一只手保持平衡，一下子抓住了一根嵌在墙里的木棍——原来墙上镶着不止一根这样的棍子。我的好奇心占了上风，脑子里零碎的思维片段慢慢整合起来。我击败小星侠后，Xbox游戏机闪出的绿光肯定是一种传送光束，我是被传送到这里来的。可是这个地方一点也不像我在漫画书或者电视里看到的那些传送舱。传送光束在哪儿？安装了大量滑动控制键的控制台又在哪儿？可是我马上把这些问题从脑子里清理出去，因为有更重要的事让我发愁呢！如果这是母舰，那么监视窗后面的那些人影自然就是外星人咯。如假包换的外太空生物呀！如果他们和游戏里的异形一样，那么他们来地球肯定不怀好意。

“我知道你们打算占领地球，”我说，“可是你们不会得逞的。”

“没错，我们本来也是这样想的。”那个声音得意扬扬地说，“还多亏了你帮助我们扭转局面，恐怖的瑟威克斯。”

“你到底在说什么？你为什么老是这样叫我？瑟威克斯是什么东西？”

“我该怎么给你解释呢？”随后传来了一下咳嗽声，听声音应该是那个外星人很有礼貌地握拳堵住了嘴巴。可我觉得握成拳的不是手指，而是一根根触手。“有谁比渺小的地球人更了解他们自己呢？要制订一条击败地球人的妙计，还有谁比地球人自己更能胜任呢？你们玩上瘾的那个电子游戏是我们这个计划中最关键的一步。那个游戏是迷宫，你们就是实验室老鼠。按照你们的说法，我们其实是把入侵地球的策划工作交给你们了。”外星人说道。

游戏！那个游戏原来是圈套！

那个声音哈哈大笑，为他自己的神机妙算喝彩，那笑声听起来就像一个嘴巴里有很多条舌头在互相拍打。

“征服地球是早晚的事，目前唯一的障碍是一个叫作小星侠的地球人。”那个得意扬扬的外星人继续说，“最近一段时间我们都在测试他的能力，想找出他的弱点。比如说，我们用我们最厉害的电磁脉冲武器同时击落了三架你们的大气内飞行器，你们的军方竟然一点也没察觉，实在是太可笑了。”

哦！那三架民航客机！我早就料到了！

“那次挑战没有难倒小星侠，还有那些转基因的水果蔬菜，以及在约翰·刘易斯百货商场出现的邪恶人工智能机器人，都被他一一化解了。”

原来这些事件都是外星人地球侵略计划的一部分，太狡猾了！

“小星侠是一个令人敬畏的对手。”那个声音庄重地说。

哼！不出我所料，就连外星人也不得不佩服我那个讨厌的哥哥！

“确实，在很长一段时间里，我们对他十分敬畏，可是后来我们发现了你。因为小星侠住在一片你们称之为‘布罗姆利镇’的区域，所以我们估计，在那个区域的居民当中，肯定有一个人比其他地球人更了解小星侠。那个人一定知道怎样才能击败小星侠，能帮助我们找到小星侠的弱点。而这个人就是你！全靠你设计的那个非常有创意的方案，现在我们知道该怎么对付他了。所以你就是瑟威克斯·格苏弗隆！”这声音越来越刺耳，“带来毁灭之人。”

“新的一季，新的瑟威克斯！”其他外星人齐声吟诵。

我吓坏了，背靠着墙壁慢慢滑下，最后一屁股瘫坐在地板上。那么多年来我一直梦想着被上天选中，让我去拯救世界，但不是像现在这样：我竟然教会了外星人怎么打败小星侠，原来我才是毁灭世界的那个大坏蛋！

“现在轮到我们现身了。”那个声音缓慢地说。

我用手抱着头，隐约感觉到一片脚步声正在向我逼近。

“我们已经扫描过你的思维，你们地球人的脑子太小，没花多少时间就扫描完了。根据你脑中的图像信息，我们设计了一个形象，这个形象能让你产生恐惧，会对你那套脆弱的心血管系统造成巨大的打击，我们将会以这个形象出现在你眼前。你们地球人竟然只有一个心脏，嘿嘿，弱不禁风的低等生物。”

我已经没心思管他的冷嘲热讽了，我只是担心自己将要面对什么恐怖的形象。“什么？你们为什么要这样做？”

“因为我们必须满足观众的需求。”那个声音说。

这又是什么意思？听了外星人的话，我脑子里出现了一只滴着唾液、浑身黏滑的多头怪兽，不禁向后缩了一下身子。

在脚步声中突然响起一阵高频的尖啸声，然后是第二声、第三声……我顿时觉得天旋地转，脑子里什么念头都没了，只是充斥着那种刺耳的噪声。我不知道那些外星人打算以什么恐怖形象出现，不过他们马上就要开门进来了！

门前的地板上出现一条黑影，然后一个、两个、三个……许多人影小跑着进来了，每个都穿着浅蓝色运动服，嘴里吹着一只顶点惊雷镀银哨子。

只见无数个邓纳姆老师列队跑进了房间！

等她们都跑进来后，我发现这好几百个体育老师长得一模一样，她们站成一圈把我围在当中，每个人都在拼命吹着哨子，还在原地不停地小跑。我环顾四周，这才发现刚才我醒来时躺着的那个平台原来是一座鞍马，我刚才扶着的墙上的那根木棍是一排很高的肋木当中的一根，地上纵横交错的线条标示着一块块运动场地的边界。

外星人的传送舱竟然和我们学校的体育馆一模一样！

其中一个邓纳姆老师从人群中走出来，双手叉腰，在恐怖的喧哗声中大声对我说话。虽然她看起来和其他人一样，可是我敢肯定，她就是刚才和我说话的那个声音。她的唇边露出一丝我很熟悉的、残忍的微笑。

“卢克·帕克，嘿，嘿，嘿。”她说话的声音和真正的邓纳姆老师完全相同，“你们的低级语言很可笑，都是些叽里咕噜的噪声，发不出我们名字的读音。”她转头看着其他人说，‘他们只有一条舌头，可笑吧？”她们都乐了，纷纷吹起哨子。那个头儿向我逼近一步，我连忙往后缩。她接着说道：“所以你就叫我们……苏-邓纳姆好了。你听清楚了，我就是跨星系至尊霸主，很快就会成为地球统治者，这都是你的功劳啊。”

我又不是心甘情愿帮你的！突然，我想到了一个主意：如果我能发现外星人侵略地球的原因，或许我就能想个办法打败他们。外星人入侵地球总是为了一些很“垃圾”的原因，而且他们的前期策划工作通常都做得不是很好，比如没有提防地球上的微生物，①或者没有在母舰的计算机系统上安装防病毒软件。②在漫画书和电影里，外星侵略者最后总会被打败。

“你们缺乏水资源吗？③”我问。

“你说什么？”外星霸主呵斥我。

“你侵略地球是为了抢夺我们的水资源吗？”

“我们的海洋浩瀚无边，我们的气候循环系统完美和谐，我们才不需要你们那些可怜巴巴的H_2O呢。”

“那么你们来是为了抢食物？”

“食物？”

---

① 经典科幻小说《世界大战》中，火星人侵略地球，占尽优势，最后却被地球上的细菌杀死。

② 电影《独立日》中，外星人侵略地球，人类把计算机病毒软件上传到外星人的系统，将其击溃。

③ 电影《决战洛杉矶》中，外星人侵略地球是为了掠夺水资源。

“对啊。你们星球上发生了什么自然灾害，导致你们的食物不够吃，所以你们打算把我们抓回去做人肉汉堡包。”

“哈？那也……太恶心了吧！而且卡路里也太高了，不！”

“好吧好吧，那你们是害怕我们，所以抢先动手，防止我们将来会威胁你们。”

“也不是。”她听起来已经厌烦了。

“你们想抢我们的黄金？”

“也不是。”

“抢DNA？”

“呵呵，不对。”

“几百万年前你们来过地球，还孕育了人类。现在你们回来是打算——”

她举起一只手：“够了，别再瞎猜了。”说着她又向我走近一步，“我知道你在打什么主意，以前我见过像你这样的个体。我就这么跟你说吧，在侵略异星球这件事情上我们早就驾轻就熟，我们已经把一切可能出现的状况都考虑到了。如果你以为我会站在这里把我们的进攻计划都说出来，那么……”她脸上露出一丝淡淡的微笑，“……你就猜对了。”

·13·

末日杀鸡

外星霸主将一只手从腰间扬起，手里拿着一个像是武器的东西。她把手里的东西对准了我，我连忙往后缩。然后我发现那东西有点像电视遥控器，这才放下心来。她用拇指按了一个很大的绿色按钮，无论在哪种语言里——哪怕是外星人的语言——这个键也肯定是开机按钮。

在一阵嗡嗡声中，我眼前突然出现了一块亮着微光的大屏幕。这块屏幕好像没有重量似的浮在我面前十几厘米的地方，画面里出现了一个正在旋转的星球。

“看吧，这就是我们的家园。”她开始说，“这是一个和平的星球，那里的气候完美平衡，我们的人民生活富足。”这时候，画面切换成低空飞行的俯瞰镜头，只见延绵起伏的绿色原野，一望无垠的黄沙大漠，峰峦叠翠的崇山峻岭，还有波涛滚滚的蓝色海洋。“几千年来我们过着没有饥饿也没有疾病的生活，我们不需要货币，也不需要工作。老实说，这样的生活有点沉闷。”

这时候，画面又变了。这次出现的，我觉得应该是某个电视节目里面的片段。在一幅幅快速变换的画面里，我看到了一出关于一个机器人家庭的情景喜剧，另一个情景喜剧讲的是一只会说话的狗做医生；有一部连续剧，故事背景设在一座乡间大宅，里面有许多穿着裙子的章鱼；有一档问答综艺节目，胜者可以赢得一台带手臂的冰箱；另外还有很多外星人表演的警察节目。

“为了取悦大众，我们的电视节目不断进化，所提供的娱乐节目在宇宙史上首屈一指……只有最近五年你们地球有一个叫HBO的有线收费电视台能够与我们匹敌。我们拍出了最搞笑的喜剧和最感人的艺术片，终于，我们攀上了大家公认的电视艺术的顶峰：真人秀。无奈我们的观众永远不知足，他们要更多刺激、更多爆炸、更多让人感动流泪的时刻。于是接下来的发展就很符合逻辑了。”

这时候，屏幕被一艘巨大的太空飞船占满了。只见这艘外星飞船的外壳布满了密密麻麻的炮塔和导弹发射管，还有一个我所见过的最巨型的碟形卫星天线。外星霸主转头看着我说：“我们把娱乐节目武装起来了。”她脸上又露出微笑，“我们创造了一个空前绝后的真人秀。这个真人秀面世后，其他所有电视节目都可以停播了，因为它已经包含了电视节目应有的一切元素：戏剧性、喜剧性、悬念、客串明星、异域风情、巨型机器人、让观众意想不到的情节发展，还有很多……很多很多……爆炸。其实这个节目的理念很简单：最好的东西都是简单的。每一季我们都会飞到一个遥远的星系，侵占一颗新的行星。”她靠过来说，“今年，轮到你们了。”

我的脑子正要分析我刚刚听到的这番话，我的嘴巴却不听使唤，大声叫道：“啊？！”她说入侵地球只是一个真人秀？不会吧！

“你是不会得逞的！”我厉声说。

“你在开玩笑吗？”外星霸主冷笑说，“我们从来就没输过！这个节目已经连续不断播放了一千年，这已经不仅仅是娱乐节目，还变成了我们的生活方式——而且很快也会变成你们的生活方式。”

我觉得一颗汗珠在我后背往下滚：“你什么意思？”

霸主又按了一下遥控器，屏幕上出现了一个教室，里面坐满了苏-邓纳姆。每个苏-邓纳姆都戴着耳机，面前浮着一个显示屏。这地方看起来有点像我们的ICT教室。ICT是“信息通信技术[①]”的首字母缩写，可我觉得应该改成“入侵命令传输[②]”更

① 信息通信技术：Information Communications Technology。
② 入侵命令传输：Invasion Command and Transmission。

合适。“一旦我们征服了地球，我们就会把你和每一个弱小的地球人都接入我们的星际广播系统。这个系统会把真人秀直接传进你们的脑子里，同时把其余一切外界信息都屏蔽掉。这种状态会一直维持到你们去世。很快，你们就会变成和之前的几百亿人一样，心里只关注真人秀这一件事了。”她停顿了一下，继续说，“不要把我们的行动看作入侵，就当作是交收视费好了。”然后她转头向着那一大帮苏-邓纳姆，拖长了声音念道：“必须增加观众数量。”

她们一起念诵：“必须增加观众数量。”

这一阵让人毛骨悚然的声音平息之后，霸主粗着嗓子大声命令说：“启动末日杀鸡！”

她的手下立刻开始行动，前往各自岗位执行命令，人群顿时忙碌起来。

“我们当中最优秀的军事天才肩负着设计击败小星侠的重任。”霸主一边说一边狠狠地瞪着站在苏-邓纳姆队伍最前列的那一排苏-邓纳姆，“都失败了。”那一排苏-邓纳姆都垂下了脑袋。“虽然她们很让我失望，可是你，地球人卢克·帕克，却成功了！”

这时候，女更衣室门口发生一阵骚动，站在那里的外星侵略者纷纷给一个人让路。

“我们这帮将军想计策的时候都是从军人的角度出发，进展缓慢，而且没有创新。而你就不一样了，你完全不受那一套老路子的限制。”她继续说，“是的，虽然你只有一个脑子，而且还是一个先天不足、反应迟钝的脑子，可是你却能做出一次充满想象力的飞跃。史上最好的解决方案——红外线电视遥控器、重力波折射器，还有巴萨德冲压式喷气发动机上面的勺形太阳密度氢原子收集器，都是很简单的，你这条妙计也不例外。既然你无法击败超级英雄，那就不和他正面交锋，而是对付面具后面那个弱小的地球人。嘿嘿，你这招很高明，也很恶毒！来吧，快看吧！”说到这里，霸主向人群做了一个手势。那些人连忙向两边分开，大厅里响起一阵运动鞋摩擦金属甲板的嘎吱声响。人群中出现了一个熟悉的身影。

来人缓缓地走到大厅中间——竟然是卡拉·李！

“嘿，小家伙。”她懒洋洋地说。

这人样子很像她，连说话也像，可我知道这不是真的卡拉·李。要是那些外星人真的一丝不苟地执行我的计划，那么站在我面前的实际上是……

“一个完美的机器人复制品。”霸主绕着冒牌卡拉慢慢地踱步，全方位多角度地欣赏这个杰作，“这就是你所说的那个年轻女性地球人卡拉·马乔里·李的完美再现，是在我们这艘母舰的纳米实验室里精心打造的。”

卡拉的中间名叫马乔里？她可从来没告诉别人。

霸主说的没错，那个机器人太像真人了，简直像得不可思议。如果我不知道真相的话，肯定会被它骗了。这正是整个计划的关键！唉，这个计划还是我的杰作呢！一想到这儿，我不禁咽了一下口水。

“你们的超级英雄是一个十几岁的男孩子，要让他分神，当然要用一个十几岁的女孩子了，还有比这更高明的招数吗？”霸主凑到机械卡拉面前，“可我怎么也看不出她哪里吸引人了……不行，体表的黏液不够多。”说着她颤抖了一下，“一旦小星侠的注意力被她吸引，他那个可恶的护体力场就会消失。到时候我的远程病毒振荡器给他精准的一击，他就没办法抵挡了。”说完，她继续绕着机械卡拉慢慢地踱步，“我们系统地研究过地球上十几岁的女孩子，然后给机器人编程，使它的言行举止与典型的少女行为模式完全吻合。她既不会让步，也不可理喻，而且她会不眠不休地寻找小星侠并完成任务，绝不会半途而废。”此时霸主又绕回了机械卡拉的面前，“卡拉·马乔里·李，陈述你的任务目标！”

机械卡拉马上立正答道：“第一，找到人称小星侠的超级英雄。第二，取悦他。第三，使用机载亲热功能模块，最大限度地分散他的注意力。”

“什么模块？”我问道。

霸主微笑了，说：“我们对你的计划做了一点修改。我们的超级计算机的分析显示，为了彻底分散小星侠的注意力，机械卡拉必须与他进行一种你们地球人称为‘亲吻’的活动。”

“你们这帮怪物！”我倒抽一口凉气。我怎么也想不到这些苏-邓纳姆竟然邪恶到这个地步！

“没错，”霸主说，“我们就是怪物。”她走到我面前俯视着我，“我们来这儿就是要把你爱的每一个人都抢走！”

我努力压制着心里越来越深的恐惧。绝不能让苏-邓纳姆的阴谋得逞！可是现在只有我一个人知道外星人的侵略计划，而且我还能活多久呢？

我闭上眼睛，在脑子里反复呼唤扎克的名字，相信他能够通过传心术听到我求救。我想象着自己微弱的声音穿越黑暗的宇宙空间，一直向地球飞去。扎克，为了几十亿生灵，你一定要听见我的话！

他听见了！

“又怎么了？”他终于回答了，语气很幽怨，“卢克，我正在复习代数准备考试，你最好别再因为鸡毛蒜皮的事情打扰我。”

我深深地吸了一口气，想道：“扎克，我上了一艘与地球自转同步的外星母舰，就在布罗姆利镇上空。那些外星人都长得和我的体育老师一个样，他们马上就要用一个机械卡拉对地球发动袭击，然后强迫我们看一辈子的真人秀。”

接下来是片刻的沉默。“我已经警告过你，”随后扎克低声说，“如果你再用那些无厘头的废话占用我的心灵感应资源，我会怎么惩罚你。我已经受够你了，卢克，从现在起我就把你屏蔽掉！”

“可是，扎克，我没有——”

咔嗒。

心灵感应断线了。

他果然不相信我！别人出事了，他就忙不迭地飞去帮忙，可是当我需要他的时候呢？哼，我就得靠自己。现在可好，眼看地球就要落入苏-邓纳姆的魔爪了。

霸主按了一下电视遥控器的关闭键，那个浮在空中的屏幕立即消失了。“现在你已经知道了我们的计划，”她说，“我们当然不会让你逃回去警告其他人。”两个苏-邓纳姆从队伍前排走过来，一左一右地用力抓住我的胳膊。“我们要好好款待一下贵宾……把他带去教学楼的数学区！”

说完，霸主一下子跳上鞍马，凸着两只大眼睛，声嘶力竭地向外星军团吼道：“各就各位，准备入侵！轰炸机随时候命，预热远程病毒振荡器，传送机械卡拉！今天我们的目标是地球的布罗姆利镇，”她振臂高呼，“明天我们就将占领那里的全世界！”

·14·
恐惧的总和[①]

那些外星人一起吹响哨子预祝胜利。在震耳欲聋的哨子声中，两个苏-邓纳姆押着我离开体育馆传送舱，向数学区走去——放学后被罚留校的学生都要去那里待着。苏-邓纳姆军团确实抓住了我心底最深的恐惧：不但每个外星人都和我那个恐怖的体育老师长得一模一样，而且整艘母舰都变成了讨厌的学校，我甚至闻到了学校走廊里那股永远不散的卷心菜气味！天哪，我多么希望外星人是滴着唾液、浑身黏滑的多头怪兽啊！那种恶心怪兽我还能忍受，可是学校……学校才真的可怕。

“喂！”我向守卫抱怨说，“我堂堂瑟威克斯·格苏弗隆，

---

① 恐惧的总和：作者在这里借用了一部著名政治惊悚小说（作者汤姆·克兰西）及同名电影的名字。

你们就这样对待我吗？”

她们不理会我的抗议，继续押着我向母舰深处走去。我们经过一排英语教室的时候，我发誓我听见里面传出嗡嗡嗡的声音，肯定是很多小孩子被困在里面，被迫背诵莎士比亚作品。我往一间教室里面瞥了一眼，却只看见一排排空桌椅。如果这些抑扬顿挫的读书声是虚拟的，外星人这样做只有一个目的：让恐惧渗进我心里。他们的目的达到了，我真的很害怕。两个外星人赶着我上楼梯，继续走向数学区。我想引她们说话，希望她们会泄露一点有用的信息，将来我或许能够用来对付她们。

“不管霸主怎么想，反正你们是不会成功的！侵略者从来没有赢过。”话虽这么说，可我希望她们没看过那一套八本的跨界混搭漫画《秘密入侵》[1]，因为在那套漫画里，斯克鲁尔人[2]几乎赢了。

两个苏-邓纳姆还是不理我。

“我知道你们都能听懂我说的话。”我说，“在漫画书里，外星人都能说流利的英语，因为他们的脑子里都植入了某种通用翻译设备。”那俩守卫听了，依然不理睬我，却都很好奇地盯着我。“在你们的计划里，有一件事我始终想不明白。如果你能变

---

① 《秘密入侵》：漫威漫画作品，一套八本，将不同故事中的英雄和恶棍都放在一个故事里，所以称为“跨界混搭”。

② 斯克鲁尔人：漫威漫画作品中的外星种族，与复仇者为敌。

成我体育老师的样子，那么我猜你们其实可以变成世界上任何一个人。既然是这样，为什么你们不直接变成卡拉，却另外做一个样子像卡拉的机器人呢？”

两个守卫互望了几眼，我觉得她们是在商量要不要回答我的问题。终于，带队的那个苏-邓纳姆转头看着我，用嗡嗡嗡的声音很呆板地说：“观众喜爱邪恶机器人。”这么说也有点道理，要是换一个处境，我也会觉得邪恶机器人确实更有吸引力。

在剩下的那一小段路程中，她们一句话也没有多说。最后我们在AA-23号教室门口停下了脚步。

以前我从来没被罚留校过。乔什·坎因为没做地理作业被罚过一次，不过他看起来并不介意，第二天早上还吹嘘说什么“一人做事一人当，好汉把牢底坐穿”。当时我觉得他挺搞笑的，说什么把牢底坐穿，他其实才关了十五分钟就放出来了。我当着全班同学的面说出这句话，大家都笑了，乔什·坎却没有一起笑。

第一个守卫伸手从系在皮带上的一个套子里掏出一个电视机遥控器，对准了门锁。只听见门闩滑动，发出咔嗒一声，教室门就打开了。她将我一把推进去，大门在我身后自动关上。就这样，我成了一个囚犯。

我环顾四周，这个教室和我每天在学校看见的那些教室基本相同，唯一的区别在于窗外的景色。只见运动场上方有一条闪闪发亮的光带，原来是绚烂夺目的银河。可现在不是欣赏宇宙美景的时候，我连忙把视线移开。机械卡拉已经出发去地球追杀小星侠了，我必须立刻想办法从这艘破船逃走，越快越好！

我在教室里四处翻，想找一些能用来越狱的工具。我首先检查储物柜，将里面的东西分类，把可能有用的东西放一边。突然，我听到一个声音，吓了一跳。有人在哼小曲儿，虽然声音很微弱，可我听得很清楚。我知道这旋律，那是暗黑比利最新专辑中的最新单曲的合唱部分。我顺着声音走到教室前方，那里有一张老师专用桌子，那声音就是从桌子后面传出来的。我绕到桌子后面，只见墙根有一个小栅格，于是我跪在地上把耳朵贴上去仔细听。通风管另一头的人是谁呢？我有一个强烈的感觉……

"卡拉，"我低声说，"是你吗？"

那边传来一阵忙乱的刮擦声，然后是嘭的一声，最后有一个熟悉的声音答道："你是谁？"

"是我呀，卢克·帕克。"

"小家伙！"确实是卡拉。"你也被他们抓来了？啊？"她惊讶地说。

外星人把她关在这儿是非常合理的。苏-邓纳姆既然派了机械卡拉去做坏事，当然不能让真的卡拉留在那里碍手碍脚了。

"你是怎么来的？"她问，"我当时一边听着暗黑比利的最新专辑，一边穿过公园，突然一下子我就……"

"闪过一片绿光，然后你就苏醒了，还特别想吃面包抹奶酪。”

“对啊！最奇怪的是我从来都不喜欢吃面包抹奶酪的。”

“你也被关在这里，实在太好了！”我说。

“啊？”卡拉听糊涂了，“对谁好呀？”

“对全人类都好！”我说。我心里已经有主意了，苏-邓纳姆竟然把卡拉也关在这里，最后她们很可能就输在这个昏着儿上。虽然扎克不愿意听我的话，不过要是卡拉呼唤他的话，哪怕是两肋插刀他也会听的。“卡拉，你必须用传心术联络小星侠。”

“啊？他为什么会听我的？”

“你就信我吧，他一定会听的！你一定要把一切都告诉他。把你思想的触角伸向他……你伸了吗？”

“好，知道啦，我这就伸……”过了一会儿——这一会儿就像是永恒——卡拉兴奋地说，“啊！小星侠！我能听见他的声音呢！”

我们得救了！外星人这回算是恶有恶报了！等我的超级英雄老大闪电似的飞过来，哼哼，你们这帮苏-邓纳姆马上就要——

“哎，不对，等等。”卡拉说，“那是个自动应答呀。”她结结巴巴地把那段自动应答复述给我听：“你好，我是小星侠，谢谢你联络我。因为我总是收到过量的传心求助信号，现在我已为小星侠传心通信服务设置了接入限制。如果你有密码，请立即输入。如果你有紧急事宜，或者你希望成为紧急呼叫授权用户，请即致电布罗姆利镇议会，分机号862。也可能是864，最后这句有点断断续续的。”卡拉叹了一口气，“他不会来了，对吧？”

“对。”我答道。我没有密码，我甚至不知道有这样一个紧急呼叫授权用户名单。事到如今，我们已经没有别的路可走。“我们要想逃跑，就只能靠我们自己了。”我说。

“好吧，胡迪尼大师[①]。”她说，“我们该怎么逃跑呢？”

我在教室里踱步，陷入了沉思。哈利·胡迪尼是著名逃脱大师，要是他被困在这里，单凭他藏在丝绸内裤里的一根小发夹，还有那一丝神秘的微笑，他就能在几秒内逃出这地方。可是我有胡迪尼那么高超的本领吗？答案很快就会见分晓了。

“好吧，我们来商量一下。”我说，“我们只需要从罚留校的教室逃出来，避开那些在走廊上巡逻的冷酷无情苏–邓纳姆，找路回到体育馆的实物传送器那里，学习操作那台设备，最后把我们传回地球。”

“对啊，这么说来挺简单的。”卡拉说。

我很高兴她同意我的想法。接下来，我继续搜寻有助于我们逃跑的器械和设备。要是有一个电视遥控器就太爽了！那东西除了能开锁肯定还有别的功能，简直是苏–邓纳姆版本的神秘博士音速起子[②]！很不幸，我能找到的东西如下：一叠柔和色系的A4

---

① 胡迪尼大师：哈利·胡迪尼，匈牙利裔美国人，被誉为史上最伟大的魔术师和逃脱大师。

② 音速起子：英国科幻长剧《神秘博士》中一个神奇的工具，可以遥控任何机械。

硬皮活页夹，一堆图钉，一个金属量角器，一个三角尺和十几根塑料直尺。我把我的发现告诉卡拉。

“小家伙，这些东西还挺有用的，”她说，“如果你想给那些外星人出一道超难几何题的话。”

我用手指转着三角尺，说：“哈，你知道吗，这个主意不错呀！”

五分钟后，一切都准备妥当。为了成功实施这个计划，我首先必须吸引门外那个守卫的注意力。透过磨砂玻璃，我能够看见她的身影。

“哎呀！”我开始呻吟，声音大到能让她听见，“我怎么这么不舒服呀！肯定是那些面包抹奶酪馊了。怎么整个房间都在转呢？哎呀，不行了，我要在外太空呕吐了！哇——”

我一直在假装呕吐。不久，教室门打开，那个守卫把脑袋伸进来检查我的状况。

这是她犯的第一个错误。

我刚才用图钉把那十几根塑料直尺在门框上钉了一排，她开门的时候，那些塑料尺受力弯曲，随即嗖的一声把门反弹回去，一下子拍在她脸上。她顿时被拍蒙了，踉踉跄跄地撞进教室，踩中了我设置的第二个陷阱。我刚才把所有活页夹都打开并且绷紧，铺了一地。一个个坚硬的金属环都被撬开，就像捕熊夹子似的蓄势待发，一旦被踩中就会啪的一声夹紧。那个守卫一闯进这片“A4活页夹地雷阵”，顿时被十几个金属钳子夹住脚趾，痛得她连声尖叫。为了避免继续受伤，她抓狂地乱蹦，蹦到了我藏身的储物柜附近。我从柜子里偷偷往外看，只见她单腿站着，一副摇摇欲坠的样子。这是我最好的机会了！

我从储物柜里猛扑出来。“直角斜边斩！”我大喝一声，手执金属量角器向下一劈，量角器的圆边就像海盗的弯刀似的，一下子把装遥控器的套子从她的皮带上削下来，装在里面的遥控器也飞了出来。我一把接住遥控器，敏捷地跃过“地雷阵”。我一跳出大门，随即拿起遥控器瞄准按键，教室门嘭的一声关上，把门卫锁在了里面。

几秒钟后，我把卡拉从隔壁教室放出来。她低头俯视着我：“直角斜边斩？”

我耸了耸肩：“仓促之间，想不出更好的招式名称了。”

她朝空荡荡的走廊两头各看了一眼。

“来吧，”她说，“我们还没脱险呢。”

·15·
嘭！

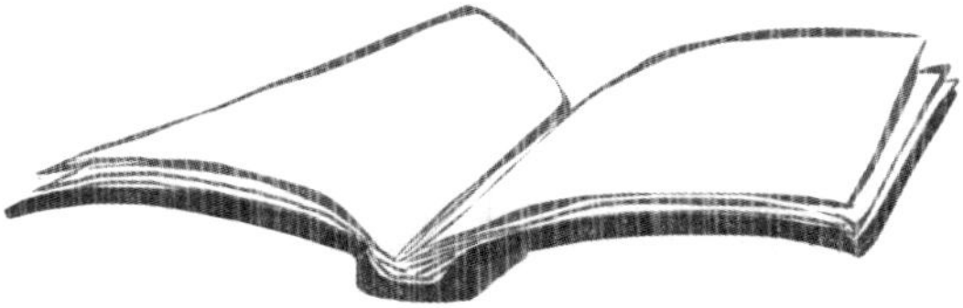

我们走出数学区，经过一个公告栏。公告栏上面贴满了各种告示：值班卫兵的值勤表、进攻地球的计划，还有一个关于举办迪斯科舞会的通知。公告栏旁边有一个很宽的窗户，透过窗子可以俯瞰教职员工停车场。卡拉一看就傻眼了，因为她看到外星人正在为进攻地球做准备，其规模之大真是吓死人了！教职员工停车场上停着的不是日产或者福特汽车，而是一架架亮闪闪的可在地球大气内作战的战斗机和轰炸机。如果这些飞机像在游戏里面那么厉害，地球的军队会被他们秒杀。

“我们怎样才能对付那么多敌人呢？”卡拉说。

“我们对付不了。”我答道。只有我哥能阻止外星人占领地球，当然，前提是他别再跟我较劲。

我们在下一个交叉路口停下来，后背紧贴着墙壁，屏住呼吸，等待一支巡逻队经过。等她们转过拐角，我正要往前走，卡拉一下子把我拉住。

“嘿，那不是邓纳姆老师吗？怎么另一个也是邓纳姆老师？”

卡拉并不知道苏-邓纳姆的事。原来她被传送到飞船后连一个人影也没见过。卡拉之所以知道自己身处外星人的飞船上，完全是因为她们从门缝塞进来一本名为《今日母舰！》的精美杂志，还有里面的一篇文章《本月大事记：侵占地球——有关消灭人类的十个鲜为人知的秘密》。

我们在迷宫似的走廊里前进。一路上，我把我了解到的外星人的事情都告诉了卡拉：她们伪装成体育老师的样子，电视真人秀，电子游戏的圈套……然后我提到机械卡拉，这可有点尴尬。

“等等，你为什么把她塑造成我的样子？”

糟糕！我突然有一种易碎品从手里打滑掉地的感觉，仿佛这番对话马上就要失控飞走了。

“你本来可以选择世界上任何一个女孩……”

“呃，不行的。”我连忙接话，“这个游戏里面只有布罗姆利镇上的人。”

“就算是这样，你也完全可以选镇上其他人呀。”

真相当然是我一定要选卡拉，因为扎克暗恋她呀！可是我不能把真相告诉她，因为这样就会暴露小星侠的真正身份。此时我脑中闪过如下对话：

“我把机器人设计成你的样子，是因为小星侠暗恋你。”我说。

“啊？是吗？”她说，“等等！你怎么知道的？”

“因为他就是我哥哥呀。”我说。

不，这样是行不通的。她一脸好奇的表情，正在注视着我，等我回答。

就在这时，后面走廊远处传来一阵哨子声——一个外星人巡逻队发现我们了。太好了！我这辈子还从来没有中了埋伏还这么兴高采烈的！紧接着，一阵像学校铃声似的警报声响遍了整个甲板。这下子整艘飞船的外星人都要出动来抓我们了。

“这边！”我大叫一声，牵起卡拉的手，带着她跑进一条楼梯道。我们一步四级地往下跳，身后传来外星人运动鞋的脚步声——苏-邓纳姆们在后面紧追不舍，她们那股不依不饶的劲儿，和邓纳姆老师逼迫我们跑越野长跑时一样狠。

我们猛地撞开楼梯间的门，在光滑的地面上滑行了一段，最后在校门内的大堂里停了下来。只见正门顶上挂着我们的校旗，上面是一个古怪的乌鸦图案，以及一句拉丁箴言“愿原力与你同在”。外星人的大堂比我们学校大堂宽敞多了，里面摆着很多很多战利品陈列柜。在地球的学校大堂里，只是在校务办公室外面走廊里放着一列玻璃柜，可是在外星人这里，密密麻麻的展示柜把整个大堂都摆满了。

“快来这儿躲着。”卡拉低声说。

我只觉得脖领子一紧，已经被她拖到一个陈列柜后面。我们身后传来一阵脚步声，是苏-邓纳姆巡逻队从楼梯间一拥而入，来到了前厅大堂。我们偷偷张望，只见她们从我们藏身的地方经过，穿过走廊，直向餐厅奔去。我们顿时松了一口气。

我目送她们鱼贯跑进了餐厅，然后把视线转移到面前的这个玻璃展柜上。柜子里放的不是足球奖杯或者羽毛球亚军奖牌，而是一件既熟悉又意外的东西。

“这是一个电视遥控器。”我说。

“这儿也有一个。”卡拉看着另一个展柜说。

我们检查了更多的柜子，发现里面全是电视遥控器。每个遥控器的设计都不一样，有的是为单手使用设计的，有的是用双手控制，甚至有给三只手操纵的，有些是给长着吸盘的触手用的，有些是给爪子用的，还有一些是给水做的手指甚至纯能量手指用的。

每个展示柜的底座都有一块牌匾，上面刻着外星文字和一个由圈圈和纵横交错的直线组成的图案。我用手摸了摸那些凸起的图案。

“这些是星图，”我突然意识到眼前的到底是什么，“是各个星球的坐标。”这时，我又想到了一个可怕的结论，“每一个遥控器都来自一个被这些外星人征服了的种族。”

我们缓慢地环顾前厅大堂，这里有成百上千个战利品展示柜。苏-邓纳姆军团以做电视真人秀的名义在各大星系横冲直撞，把一切都毁灭了。

“现在轮到我们了。”卡拉轻声说。

这时候，我们终于意识到形势有多严峻。如果外星人得逞，我们就会成为另一个摆放在玻璃展柜中的电视遥控器。

我掀起一个玻璃柜的盖子，把里面的遥控器拿出来。“你干吗?！”卡拉大惊道。

“要是这东西和苏-邓纳姆的那些遥控器一样，那也许我们就可以利用一下。”我举起遥控器对着学校大门按“打开”键，却一点反应也没有，“肯定是电池没电了。”

我把遥控器扔了，然后和卡拉一起向体育馆走去。我敢肯定，随时随地都会有苏-邓纳姆巡逻队突然向我们扑过来，可是我们竟然有惊无险地走到了走廊尽头。我们偷偷从拐角看出去。

体育馆入口就在前方，可惜门前还有一队守卫。我的心一沉：看这情形，我们不可能闯过去。

卡拉转头看着我。“小家伙，我们当中必须有一个人逃回去警告小星侠。”她说，“既然我们没办法一起逃走，这样吧，我把她们引开，你就趁机跑去那个什么光束那里，再想办法回地球。”

“可是——”

卡拉突然满脸怒容。“那些该死的异形抢了我的手机！”她恨恨地说，“这世界上谁敢抢本姑娘的手机？！”她说这话的气势就像石头人[①]说“扁人的时候到了”，我都有点担心外星侵略者的安危了。

在老电影里面，通常都是男的扑出去厮杀，女的穿着长裙站在一旁尖叫……可是我觉得卡拉甚至可能连一条长裙也没有。把她扔在这儿孤零零地对付那么多外星人，我觉得很过意不去。可是她说的其实是有道理的。

“小家伙，要是我死在这儿，你帮我告诉马蒂亚斯……就说我真的真的很喜欢他。”

我不禁皱起了眉头。我非要做这样的事情不可吗？在这种生离死别的关头，我觉得自己非答应不可。于是我点了点头。

卡拉深深地吸了一口气，迈步走进了走廊。她扯开嗓子怒吼着，张牙舞爪地向那队卫兵扑过去。那帮苏-邓纳姆被打个措手不及，吓得转头就跑，一边逃还一边气急败坏地吹着哨子。卡拉追着她们远去，消失在走廊里。很快她们就会意识到，追杀她

---

① 石头人：漫威漫画作品中的超级英雄，神奇四侠之一，动手前爱说“扁人的时候到了”。

们的并不是嚎叫突击队[1]，而是一个疯狂找手机的手无寸铁的少女。虽然这名少女的杀伤力极强，可是也不能阻挡外星人太久，我必须行动了！好，来吧！

体育馆里几乎一个人也没有，只有一阵阵嗡嗡嗡的电流声。鞍马的一侧被揭开了，露出里面一堆错综复杂的外星机械装置。这一定是实物传送器的控制台。有一个苏-邓纳姆正在对这台仪器做诊断性测试（我猜的）。她太专注于工作了，没发现潜伏在门口的我。只见她转动了几个旋钮，按了一系列按键，在一个显示屏上看了一会儿读数，又在一台手提设备上面做记录，然后走进一扇门，消失在体育器械储藏室里。

我的机会来了！

我站在那个控制台前，却深感困惑和郁闷。这东西和进取号[2]传送舱里面那台设备完全不一样，我觉得自己就像一只正在操作一台大型强子对撞机的猴子。这可不妙啊！我当然可以胡猜乱按，可是在漫画书里，实物瞬间传送以危险著称，因为我很可能会破坏时空结构。只要按错一个键，我就可能被传进一座山的山壁里，或者被送到另外一个住着吸血长颈鹿的维度，甚至会有更凄惨的结局。

---

① 嚎叫突击队：漫威漫画作品中的一个由超人类及各种怪物组成的特工团队，隶属于神盾局。

② 进取号：著名太空飞船，出自科幻影视作品《星际迷航》。

我向储藏室瞄了一眼，那个苏-邓纳姆操作员随时会回来，我必须赶快弄清楚这台传送器是怎么操作的。一定要快！

我掏出从门卫那里抢来的遥控器，仔细看每个按键上面的符号。我家里每个遥控器上都有一个“信息”键，按下去就会显示一个帮助菜单。要是我运气够好的话，说不定这个遥控器也有类似功能呢。我找了一个看起来最像的键，按了下去。

只见一本书的全息图像出现在鞍马上方，同时响起一阵乱七八糟的噪声。我一下子就听出来，这噪声其实是许多种语言混杂在一起播放造成的，这系统好像正在多种语言当中搜索。终于，搜索结束了，一个女人的声音用标准的英语说：“恭喜您选用‘一光传送机-500’机型，这是本公司生产的最先进的人际物质传送设备。如果您爱惜使用机器并且进行适当的维护，一光-500能持续运行多年而不出故障，让您省心地享受瞬间传送的乐趣。本机型带五年厂家保修，但维修工作必须在被授权的太空站进行，必须使用原厂配件，否则保修予以作废。此外，马头星云[①]的用户不享受保修服务。”

全息用户手册自动打开到内容页，我赶紧浏览目录索引，寻找“快速入门”这一项。

我一边找操作指南，一边绞尽脑汁地思考。我对瞬间传送了

① 马头星云：一个形状类似马头的星云，位于猎户座内，距离地球约1500光年。

解多少呢？我只知道在漫画书里，当夜行者[1]瞬间移动的时候会发出嘭的一声巨响，还会在身后留下一团硫黄烟雾。可是这点知识也没啥用啊？快，卢克！快想！在我读过的书里面，大部分传送设备都需要一个能够帮助定位的目标。可是他们当时是怎么找到我的呢？苏-邓纳姆军团传送我的时候，我正在水晶漫画书店玩《渺小地球人！》……

那张游戏光盘！

没错！光盘的表层下面有一些蜘蛛网似的电路图，原来那些不是装饰图案，而是真的电路图！那张光盘原来是传送器的一部分！这么一分析就对上了：无论是谁在玩游戏，外星人随时能把那个人传送到母舰上。

手册里肯定有教用户怎么定位的内容。我仔细梳理目录页，很快就找到了。我连读了两次。好家伙，竟然比我那套帝国AT-AT步行机[2]乐高积木的操作指南还复杂。我心中默念着“老天保佑”，一边按下鞍马主控制台上的一个控制键。一幅地图突然出现在我面前，就像从油灯里面冒出来的灯神。我一下子就认出了那个地方。“布罗姆利镇。”我喃喃自语，心里不禁松了一口气。

---

① 夜行者：漫威漫画作品中的超级英雄，又称蓝魔，有蓝色的皮肤和长尖尾，能瞬间移动，是X战警成员。

② 帝国AT-AT步行机：一种能像野兽般行走的四腿运输工具，出自科幻电影《星球大战》。

一秒钟后，地图上面叠加了成百上千个光碟形状的小图标，密密麻麻地布满了整片地区，就像长了麻疹似的。苏-邓纳姆军团在本地区逐家派送这个恶毒的电子游戏，每个光碟图标就代表一个玩这个游戏的家庭。

如果我对操作指南理解正确的话，我只要按一下地图上的某个光碟图标，就可以传送去那个位置了。

我有点犹豫了。这台设备应该有类似电话机的重拨功能，所以苏-邓纳姆军团能够追踪我的去向，她们肯定会跟在后面去地球追杀我的！一旦我回去，我需要有人帮我拦住追兵，好让我尽快找到扎克，并且让他相信外星人已经大军压境了。我当初筹建围巾特攻队就是为了完成这类任务。只可惜到了今天，"围巾"只不过是一个装在A3文件袋里的被否决了的图标。

我把地图放大。我需要一个有经验的帮手，一个对统治世界的邪恶计划有心得体会的人，这工作只有一个人能胜任！

我戳了一下高第街上的那个发亮的光碟图标。

传送器开始预热，鞍马控制台响起一阵呜呜声。一道绿色光柱从屋顶射下来，笼罩住整个控制台。这就是传送光束，是载我回家的公共汽车！

突然，从体育馆另一头传来一声愤怒的尖叫，原来传送器启动时惊动了苏-邓纳姆操作员。她从体育器械储藏室飞扑过来，手里挥舞着一个曲棍球网，牙齿中间还咬着一个哨子。我只有几秒钟的时间跑去传送光束那里。

我猛地一摆腿，想跨上鞍马，膝盖却撞在了鞍马的侧面——这东西太高了！如果我想逃离这艘飞船、回去拯救地球的话，我就必须做一件我从来没做成过的壮举——满分鞍马跳！我后退几步，闭上眼睛深深地吸了一口气，心中回想着苏-邓纳姆老师在体育课上面的训话：“快速助跑，膝盖抬高。”

我飞奔到鞍马前，双脚在地上狠狠一蹬，双手在绒面革的鞍马顶上用力一按，整个人腾空而起，就像千年隼号逃出莫斯艾斯利太空港似的。①传送器的呜呜声突然变得很响，就像学校交响乐团排练时到达最高潮的那一段乐曲。我眼前闪过一片明亮的绿光。

突然之间，我已经不在体育馆传送舱里面了。

我以一种不可思议的高速在黑暗中疾飞，可是同时我又觉得自己像在水里前进。满天星斗变得模糊不清，灿烂的银河扭曲旋转，空间也开始折叠……我不知道自己在哪一个维度里行进，也不知道将去往何方。在混沌的时空里，我突然看见了一个人影。很快，这个人影变清晰了，竟然是我自己！可又不完全是我。只见他双手叉腰站着，下巴高抬，一袭斗篷在背后飞舞，几颗星星

---

① 千年隼号逃出莫斯艾斯利太空港是科幻电影《星球大战 4：新希望》中的经典一幕。

在胸前闪耀。我糊涂了。这人是谁？怎么会和我长一个样？这里是什么地方？

然后我突然感到一种无比强烈的欲望：我要吃面包抹奶酪！

·16·
超级恶棍大联盟

“我给你工钱，可不是让你坐在这儿玩一整天《渺小地球人！》的。”一个听起来很遥远的声音说。

我睁开双眼，看见克里斯托弗·塔尔博特就在我跟前俯视着我。

“我得澄清一下，”他继续说，“我是不会付你工钱的，不过就算付工钱也不是让你来玩电子游戏的。哼，你这回怎么解释？”

“这儿不是吸血长颈鹿的维度。”我喃喃地说。

他双臂环抱在胸前：“好吧，论理智，满分十分的话，我给你一分；可是论怪诞，我就得给你满分了。”

虽然瞬间传输让我头昏眼花，可我还是看得出来，我已经回到了水晶漫画书店。我的时间不多了，那些外星人马上就会追到这儿来。我不能再耽搁了，必须马上向克里斯托弗·塔尔博特解释一切，然后去向扎克报警。

可是已经太迟了。只见Xbox游戏机突然被一道绿光笼罩，光束中出现了一个原子旋涡。

她们要来了。

“你早就知道这东西会这样吗？”克里斯托弗·塔尔博特一边问一边伸出手指去光束那里查探。

“不要！”我大吼一声，伸手去掏我的外星遥控器，却什么也没摸着，肯定是刚才我逃跑时在混乱中丢了。“我们得逃跑！马上！”

可是还没等我行动，那些原子就组成了一个人形，正是身穿运动服的苏-邓纳姆。她迈步走出光束，脚踏在漫画书店的地板上；第二个苏-邓纳姆紧跟着她走出来；在她们身后第三个苏-邓纳姆也快要成型了。虽然她们仍旧穿着运动服，却不是普通的浅蓝色的那件，而是换成了黑色哑光面料，甚至连她们的银哨子也涂上了迷彩，以减少反光。我真是料事如神，霸主果然派一支体育老师特种小分队来抓我了。

克里斯托弗·塔尔博特看了我一眼，眼神中充满了疑问。

“我刚才在外星人的母舰上，我也许在无意之中导致了世界末日的到来，可我真的不是故意的。”我急急忙忙地补充道。

他耸了耸肩：“我们真是同病相怜。”

特种兵苏–邓纳姆举起她们手中的遥控器。

克里斯托弗·塔尔博特很不情愿地叹了一口气。“我本来打算把好戏留在后头，可是现在情势紧急，没办法了。”

他猛地伸出一只手，张开五指。

只听见一声呼啸，那声音就像一股台风和一阵飓风撞在了一起。接着那几个外星人同时向书店的后墙飞去，就像有一根巨大的隐形手指玩桌面弹指足球似的把她们几个一下子弹开了。连续几下嘭嘭声响之后，几个外星人躺倒在地，虽然没死，却已经被撞蒙了。其中一个化成一团闪亮的粒子，然后就消失了。我猜她是受了重伤，所以自动救援系统把她传送回母舰了。还剩俩。

我立刻就知道刚才发生什么事了。“你骗我！”我气得都快说不出话了，转头狠狠地瞪着克里斯托弗·塔尔博特，“那个小行星，它真的给你超能力了！”

他看着我，好像在看着一个傻子。“废话！它当然给我超能力了！应该是某种能量场。我的理论是，天劫的内核应该是镍和铁，就是他们用来做可充电电池的那两种元素。不知怎的，那些能量转移到我身上了。”他仔细看着双手，“我在考虑给自己取名为‘劲量电侠①’。”

这名字好烂！可是这时候我实在顾不上它，因为两个苏–邓

① 劲量电侠：“劲量”为世界著名电池品牌，总部位于美国。

纳姆已经站起来了。“你能再来一次吗？”我问。

“要一个小时补充能量。”他一边说一边向店门跑去。在这电光石火的一瞬间，我突然意识到他并没有用拐杖！他在店门停了下来：“喂，你别傻站在那儿，快跑呀！我可不想你被外星人还原成一团原子，因为我要亲自动手！”

“啊？我没听错吧？！”

“你没听错。”他阴森森地说，“不过现在看来，在外星人被打败之前，我们必须精诚合作了。”

我踉踉跄跄地跟在他身后，跑到高第街上。克里斯托弗·塔尔博特的手脚快速摆动，一阵风似的向前飞奔。我拼了命地跑，才能勉强跟上他。前面有一队幼儿园的小朋友挡住了去路，他纵身一跃就从他们头顶跳过去了。“不过我得把丑话说在前头，卢克，只要一有机会我就会反咬你一口！哼，你和你那个讨厌的哥哥，这个仇我是一定要报的！”他边跑边说。

嗯，把话挑明了也好，至少我知道我的处境是什么。他飞奔着横穿马路，惹来一阵愤怒的喇叭声。

“可你总说你想做一个超级英雄呀！”我又一次追上他，说道。

“那是做梦，我已经醒了。”他正说着，一下子碰到一个正在做慈善募捐的人的手肘，把那人手里的钱罐撞飞了。“我能走上真正属于我的邪恶之路，全仗你的帮忙啊！”他说。

我？他自己变心和我有什么关系？

“上次在我的火山老巢较量的时候，你非常善解人意地给我指点了一条明路，你说我做的坏事已经没有人可以超越了。”

我突然觉得又一个可怕的重担压在了我的肩头：我先把侵占地球的金钥匙双手奉献给外星人，又把克里斯托弗·塔尔博特逼到了原力黑暗面……今天这还没到午饭时间呢，我怎么已经做了那么多惊天动地的事了？

“从这儿进去！”他叫道。

我们迅速躲进一间普利马克服装店，他径直扑进一排悬挂出售的衣服当中。

“我们到底在跟什么敌人斗？”他一边问一边快速浏览各式各样的夹克衫和开襟羊毛衫。

“那是一支外星人突击小分队，算是外星人侵略大军的先头部队吧。她们的头子是一个外星霸主，她们的母舰有一个可伪装外壳，看起来就像一所普通的中学。那艘母舰在地球同步轨道上运行，就在酒厂路转角A21号的上空。外星人侵略地球是为了做一个星际电视真人秀。”

“哦。”

我本就指望他能迅速弄明白目前的形势，可我没想到他竟然一听这个消息就深信不疑。“你相信我？”

“我刚刚被几个克隆体育老师袭击，而且她们是从一台

Xbox游戏机里面突然冒出来的。这么说吧，我总能接受新鲜事物。”他把一件开襟羊毛衫扔给我，“快，穿上！”

“是要乔装改扮吗？”

“不，这是因为蓝色可以突出你的大眼睛。”

我猜这就是乔装改扮，他只是在挖苦我罢了。我穿上羊毛衫，他挑了一件粗花呢夹克衫，上面的图案就像模糊不清的电视画面。最后他递给我一顶条纹羊毛帽子，顶上还有一个绒球。在正常情况下，我绝不会穿戴任何有绒球的服装，可是现在不是正常情况……我脑子里突然闪过一个恐怖的念头：他既然愿意和我联手，那么……“你不会跟外星人谈条件，又要做超级坏蛋吧？”

“呵呵，本来不会的。”他说，“可既然现在你提出来了……”

“没有！我不是那——”

“有道理。”他若有所思地说，“一旦我帮助他们占领了地球，他们肯定会奖赏我的。或者我会问他们要德国的巴伐利亚地区，因为我特别喜爱李子蛋糕，这是一种铺满去核李子的酥皮点心。”说到这儿，他很鄙视地瞅了我一眼：“哎，不会吧，卢克，你把我当什么人了？和外星侵略者勾结？古往今来有哪个坏人做这样的事情有好下场的？”

他说的对！在我读过的漫画书里，从来没有外星侵略者是信守承诺的。

我们去排队付款。“再说了，把核弹发射密码泄露给火星人的不是我，去外星人母舰上面勾三搭四的也不是我。”他停顿了一下，“说真的，你上去那儿到底干了些什么？”

我一边内疚地拨弄着头顶的绒球，一边快速解释了外星人派机械卡拉分散小星侠注意力的阴谋。我刚说完，从本季度新款黑白方格外套那里传来一下尖锐的哨子声，一个苏–邓纳姆特种兵发现我们了。

“快跑啊！”我大喊一声，转头看时，克里斯托弗·塔尔博特已经跑开了。我们组队时间尚短，可我已经留意到了，他一旦嗅到有一丝危险，就溜得比谁都快。

“我们必须赶快找到你哥，可别被那个机械少女抢先嘬了他的脖子。”他说。我们跑出店门，回到高第街上。

“我知道他要去哪儿！”我说，“这边，很近的！”我回头瞥了一眼，只见一个商店的便衣保安正和一个苏–邓纳姆纠缠着——她身上套了一件流苏图案连衣裙，显然还没给钱呢。这样一来，那保安无意中给我们争取了一点时间。

很快，我们的目的地到了：中心图书馆就像一艘细长的战舰，赫然耸立在我们前方。这栋建筑物看起来既粗野又笨重，假如它是一个人，绝对不会是读书人。我觉得这就是所谓的“讽刺”吧？很快我就能够查字典确认一下这个单词的意思了。

我们飞奔进去，开始寻找扎克。“他可能在摆放数学类图书的区域。”我说，“我们就从那里开始找吧。”

“带路吧，麦克德夫！①”克里斯托弗·塔尔博特咧嘴一笑，说道。

我想他也许太激动，一下子把我名字记错了，不过我也没有纠正他。只见他一步三级地爬上楼梯，浑身上下的能量滋滋地往外冒，那股兴高采烈的劲儿，甚至比上次他爬进马克十四亚轨道超级机甲准备迎击天劫的那一刻还开心。这人只需服用三钱冒险加四两复仇，马上就乐得屁颠屁颠，就像一头背着飞行背包上蹿下跳的欢乐之猪。至于我嘛，至少在目前看来，我是挺高兴的。为了对付外星人，我需要团结一切可以团结的力量！

扎克不在数学图书区，我们于是去另一层继续找。这时候，我突然意识到我这次面临着多么巨大的挑战。从卡拉搬进我们小区的第一天起，扎克就已经暗恋她了。那个机器人是我哥梦中女神的完美复制品，而且还预设了程序要去向我哥示爱。在我哥眼中，那个机器人就是卡拉。我要拆散他们……这个任务比不可能完成的任务更不可能完成。

为了拯救世界，我必须阻止扎克和卡拉亲嘴！

---

① 带路吧，麦克德夫！：此乃莎士比亚戏剧《麦克白》当中一句对白的著名误用。原文是 Lay on, Macduff，意思是“动手吧，麦克德夫”，是麦克白与麦克德夫决斗时挑衅对手的话。有人将其误用成 Lead on, Macduff，即“带路吧，麦克德夫”，流传甚广，后人将错就错，将其用作叫人带路的戏谑语。卢克不懂，还以为克里斯托弗·塔尔博特把他名字错记成“麦克德夫”了。

·17·

嘘——

我们走到另一层，推开大门，走进一间安静的大厅。一个身着紫衫、脚穿靴子的图书管理员正推着一辆装满书的小车，嘎吱嘎吱地走过。我一眼就看到扎克了——这间大厅里除了图书管理员就只有扎克一个人，他正背对着我坐在窗边的桌子前。我正想喊他，还没开口，地板上突然出现一条长长的影子，然后传来一阵运动裤裤腿摩擦的声音。只见一个苏-邓纳姆特种兵冲进门，一声震耳欲聋的哨子声随之响起。

“嘘——”图书管理员马上喝止她的行为。

苏-邓纳姆把遥控器对准我们，按下了发射键。

我一把捂住胸膛，手指乱抠，去摸被炸开的伤口，却发现自己并没有缺胳膊少腿——她肯定是打偏了。可是那个克里斯托弗·塔尔博特竟然举起双手投降了，亏他还有超能力，竟然一点儿勇气也没有。

这时候，苏-邓纳姆用一个体育老师特有的冷酷眼光盯着塔尔博特。趁她分神的工夫，我赶紧撒腿向大厅另一头飞奔。我心里只有一个想法：警告扎克！我跑到窗边的桌子旁，发现他耳朵里塞着耳机。我想起他学习的时候喜欢用手机听那些著名数学家的演讲。我一下子拔掉他的耳机，他猛地一转身，一脸的惊奇。

“卢克！”他说，“你在这里干吗？”

突然，我从眼角瞥见一个恐龙形状的小沙包在空中飞过，从图书馆的一头飞向另一头。然后苏-邓纳姆特种兵追着克里斯托弗·塔尔博特跑进儿童区，图书管理员也在后面紧追不舍。

“有一支外星人舰队已经摆好阵势要攻打地球了，有一个样子很像卡拉的机器人要来追杀你。”这是我打算对扎克说的话，可最后说出口的却是……

沉默。

我又试着说了一遍，却只有嘴唇发出的吧嗒吧嗒的声响。

太恐怖了！我突然意识到这是怎么一回事：苏-邓纳姆并没有打偏！

她用遥控器对准我选了“静音模式”。

我正想用传心术，突然想起扎克早就把我屏蔽了。这样一来，我再怎么气急败坏也只能默默地忍着了。

扎克很不耐烦地哼了一下，转身背对着我，又继续学习去了。这时候，克里斯托弗·塔尔博特骑着图书管理员运书的小车驶过，从车上拿书拼命扔向那个穷追不舍的苏–邓纳姆特种兵。

这一幕扎克又错过了。我拼命扯他的袖子。

“卢克，你有病啊？！”

为了和他交流，我必须用笔把这些事都写下来！我动手翻他的桌面，却什么也找不到——每当你需要一支三菱中性笔时，你就肯定找不到！我的脑子飞快地转，有办法了！有一个人能帮我，而且我还知道该去哪儿找他。我一把揪住扎克的袖子，拖着他朝图书馆深处跑去。

藏书区仿佛被裹在皮革里，一片死寂。扎克大声嚷嚷：“喂！放手！”我死活不放，拖着他跑过一排排摆放得整整齐齐的书本。我一本一本地查看印在书脊上的作者名，这里是字母V开头的作者：万斯[1]……凡尔纳[2]……冯内古特[3]……快到了……下一行……找到啦！我要找的作者的名字就在书脊上闪耀，仿佛伫立在火星风暴中的一座灯塔。

H. G. 威尔斯[4]！

---

① 万斯：杰克·万斯，美国著名幻想小说作家，代表作有《濒死的地球》。

② 凡尔纳：儒勒·凡尔纳，法国著名科幻小说家，代表作有《海底两万里》《地心游记》等。

③ 冯内古特：库尔特·冯内古特，美国著名作家，美国黑色幽默文学代表人物之一，代表作有《五号屠场》等。

④ H. G. 威尔斯：英国著名小说家，作品中尤以科幻小说影响最大，代表作有《时间机器》《世界大战》等。其中《世界大战》讲述了火星人侵略地球的故事。

我把这本薄薄的书从书架上拿下来，塞进我哥的手里。他皱起眉头，疑惑地读出了书名：

“世界大战？”

最理想的能表达我的用意的书名是《我们被外星人侵略，你的邻居是一个邪恶机器人》。可惜没有这样的书，所以只能用这本《世界大战》凑合了。

“你要我读这本书？”他问道，我拼命点头。“可是我没时间呀。我的第一次考试离现在只剩下……”他看了看手表，“……不到二十三个月的时间了。”我把书翻开，硬塞到他面前。在我很小的时候，每晚睡觉前爸爸就给我读《世界大战》。一方面我被吓得经常做噩梦，梦见热射线①和让人窒息的红草①；另一方面，这也意味着这本书里的每一个字我都记得清清楚楚。我翻开第一页，指着页面的下半部分。

“好吧，好吧，既然这件事对你那么重要，那我就读吧。”他清了一下嗓子，开始读了。“然而，在浩瀚宇宙的另一头……高度发达且冷酷无情的智慧生命用嫉妒的眼神窥视着地球，它们有条不紊地、坚定不移地制定了一个侵略我们的方案。”他抬头看着我，“那又怎样？”

啊？这样都不明白？不会吧？！这本写于十九世纪末的科幻

---

① 热射线：《世界大战》中火星人的一种武器。
② 红草：《世界大战》中火星人带至地球的一种火星植物。

小说是一本划时代的著作。从书里的一句话推断出外星人将会对地球发起总攻，会很难吗？扎克不是应该比我更聪明吗？

“嘿，那不是邓纳姆老师吗？”扎克说。

那个外星人站在书架的尽头，还没发现我们。幸好！

“你知道吗，她想让我参加学校田径队。”扎克美滋滋地说，“我本来是懒得去的，可是后来我发现卡拉在女子队……”说到这里，他的喉咙突然发出一阵古怪的咯咯声，随后举起一只手拼命地挥动，想吸引她的注意，“喂！邓纳姆老——”

我已经来不及阻止他了，只能猛地把他扑倒在地，用一只手捂住他的嘴巴，扎克还在呜呜呜地继续抱怨。我冒着生命危险转头往身后瞥了一眼，竟然正对上苏-邓纳姆空洞而恐怖的目光。我发现我正对着她手中遥控器的发射端。这回她无论如何也不会打偏了。这次会发射什么呢？热射线？微缩射线？我咬紧牙关等待着……

就在这危急关头，突然响起嗖的一声，仿佛密林深处刮起的一阵疾风。只见紫影一闪，苏-邓纳姆特种兵整个人被撞飞了——原来是图书管理员飞身扑倒了外星人，两个人撞进了旅游与观光图书区，在地上扭打起来。书架被她们撞得摇摇晃晃，在那么多地图集的重压之下发出嘎吱嘎吱的响声，最后终于轰然倒塌，正好砸在两人身上。尘埃落定之后，从废墟中站起来的竟然是图书管理员！外星人被埋在书堆里，只露出两只穿着运动鞋的脚，就像被桃乐丝的小屋压扁的东方魔女。[1]随后一阵轻微的爆裂声响起，外星人身上的自动救援系统被激活，她和刚才在水晶漫画书店被击倒的同伴一样，化作一团闪闪发亮的粒子，转眼就消失不见了。书架又下坠了几厘米，砰的一下撞在地板上。三个特种兵已经消灭了俩，还剩下一个……她到底在哪儿呢？

扎克还被我压在身下，所以刚才那一幕他完全没看见。“喂！我受够你了！”他声色俱厉地呵斥我。突然，我发现自己升到了半空中——他竟敢用超能力对付我？！他简直是胡作非为、骇人听闻，连兄弟情谊也不要了！他把我推开，一跃而起，拍了拍身上的尘土，迈开大步向书架另一端走去。我还悬浮在空中，眼睛刚好能看到落满灰尘的书架顶，嘴里默默呼喊着叫他千万要小心。从现在的位置我能直接看到门口，刚好看到拉拉走进来。要是我向她求助，或许她会听我的。

突然，作用在我身上的心灵遥感力消失了，我啪的一下摔在地上，心里“哎呀”一声，却喊不出声来。我挣扎着爬起来，一瘸一拐地从书堆里穿过，走回扎克刚才看书的书桌。只见拉拉站在他身边，半张脸都埋在一个纸袋里。

“他们没有吞拿鱼的三明治，所以我就给你选了小龙虾肉和芝麻菜的。”说着她把手伸进纸袋里，“嗨，卢克，”她终于留

① 桃乐丝及东方魔女的故事，出自童话《绿野仙踪》。

意到我了，“你在这里干什么？”

“别管他。”扎克说完，突然跳起来，双手抱着头，紧闭双眼，全神贯注地想事情。“我的星屏雷达探测到有地方出事了，我看得很清楚，就在购物中心那里，人们尖叫着四处乱跑，都很恐惧的样子。”他的双眼突然睁开，“卡拉！”

“我姐姐又有危险吗？”拉拉立刻放下纸袋，一把抓起装着英雄制服的手提袋，“那我们还等什么？”

我拼命地摇头。“那不是她呀！”我徒劳地呼喊着，“那是一个陷阱！”我干脆站在扎克面前，挡住他的路。

“卢克，你在玩什么花样？卡拉需要我！”他脸上一红，“我是说她需要小星侠。”

说完他一把推开我，两人就向门口飞奔而去。我知道无论如何自己也追不上这超级英雄二人组，可我还是拼命追赶。距离大门还有一半路程时，我听见克里斯托弗·塔尔博特的叫嚷声响彻图书馆，然后一下子就安静了。

“快把那个东西给我！这高科技产品不是你那个小脑袋能弄明——”

咔嗒。

我绕开地理旅游图书区，跑过战争图书区，在身心健康图书区猛地停住了脚步。只见克里斯托弗·塔尔博特正和一身紫衣的图书管理员扭成一团，争抢外星人的遥控器。看起来现在场面呈一边倒态势，图书管理员肯定是在击倒外星人的时候顺便把遥控器也抢到手了。我不禁暗暗佩服：以后借书千万不能过期不还！

咔嗒。

“我警告你，大婶！”克里斯托弗·塔尔博特又说话了，“如果你不乖乖交出这个外星人的设备，我就只能——”

咔嗒。

图书管理员抱着一探究竟的心理，又一次按下了那个“静音”键。克里斯托弗·塔尔博特还在不停地动着嘴巴，却一个字也说不出来。她就这样随心所欲地开关克里斯托弗·塔尔博特的声音，把他气得脸都紫了。虽然我在心里忍不住直乐，可是时间紧迫，我不能再让她任性下去了。于是我冲过去，一下把遥控器从她动作不断的手指间抢走，头也不回地向大门飞奔。克里斯托弗·塔尔博特很快就赶了上来，我按了两下遥控器，把我们两人的发声功能都恢复了。我一边下楼梯，一边把我刚才遇见扎克的情形告诉他。

“他们还以为这次是去救人呢。”我们跑出了图书馆，回到大街上，“可他们其实是中了外星亲嘴机器人的埋伏。”

我们沿着高第街向购物中心飞奔，在满大街的上班族当中穿梭，避开那些只顾埋头看手机的青少年。可是我们还没跑过博姿连锁店，第三个外星人特种兵就突然从人群中走出来，拦住了我们的去路。

·18·
完美亲嘴机器人

只见苏–邓纳姆体育老师特种兵的双腿分开与肩同宽，双膝微屈，两臂放松地下垂在身侧，看上去很像邓纳姆老师给我们演示投篮时的姿势。她的目光就像导弹制导系统似的，死死地锁住我们。人潮从她身边涌过，完全不知道恐怖的外星人就在我们身边！

“你的电池充好电没有？”我问克里斯托弗·塔尔博特。

“还没呢。”他答道。

“这个超能力也不怎么样啊，嗯？”

“是的。”他郁闷地承认了。

然后，一件非比寻常的事发生了。只见克里斯托弗·塔尔博特的表情突然刚毅起来，挺直身躯，两手下垂至腰间，手指不断地晃动。看这架势，他好像在准备罚球，或者在准备跟对手拼个你死我活。

“卢克，你快走。”他平静地说。

“那你怎么办？”

他冷冷地注视着苏-邓纳姆特种兵：“这人交给我吧。”

我简直不敢相信：他竟然改邪归正了！“可是你的超能力还没恢复，你怎么——”

“别管我。”他停顿了一下，“卢克，要是我牺牲了，这个世界就全靠你和你的那些小朋友了。”

“我们叫围巾特攻队。”我答道。

他瞄了我一眼，目光中充满了怀疑。“啊？围巾？你说真的吗？”

“你想个更好的名字试试。”我喃喃地说。

“你还在等什么？”他狠狠地瞪了我一下，“快走！要不我就反悔啦！”

我二话不说扭头就跑。冲进人群的时候，我转头看了一眼，只见那两人面对面站着，就像两个即将决斗的西部牛仔。我从比弗布鲁克钟表珠宝店前面跑过时，展示橱窗内所有的钟都响起中午十二点的报时声。我希望克里斯托弗·塔尔博特知道自己在干什么。

购物中心就在高第街边上。天劫危机时，一块陨石从小行星上脱落，把购物中心的一部分砸烂了。现在修复工程正在热火朝天地进行着，而且据说苹果公司要在这里开店了，简直算得上因祸得福！我跑到正门，发现这里挤满了人。那些人都在尖叫，明显不是为了排队抢购最新款苹果手机。

只见购物中心的每一扇门都被恐慌的人群撞开，顾客们发狂似的拥到大街上，好像在躲避商场里的什么东西。

我逆流而上，从人潮中挤过去，走进了购物中心。宽阔明亮的中庭现在已经空无一人，商场的中央广播系统还播放着轻柔的爵士乐，不时播报即将举行的各种活动和特价优惠信息。白色瓷砖铺就的地面上有很多装满了商品的购物袋，都是人们逃跑时丢弃的。阳光从高高的玻璃屋顶照进来，经过店铺橱窗碎玻璃的反射，把地上的购物袋照得特别显眼。

阳光还射在一个巨型机器人身上，反射出耀眼的光芒。

这个机器人就在美食广场内。它身高十米，头是一个立方体，双脚就像重锤，胳膊像打桩机，手像巨大的爪子，能够把一切东西踩烂砸碎。它在商场地面上笨重地走动着，发出呼呼呼和哐当哐当的声音。我猜这是它的电动液压驱动系统发生的声音。机器人的外壳打磨得光滑锃亮，采用经典的复古造型，明显是苏–邓纳姆军团特意设计的，为的是上电视的时候好看点。

机器人的一只手里抓着一个正在高声尖叫的机械卡拉，另一只手张开，向俯冲下来的小星侠猛地挥出。小星侠迅速转向避开，一下子绕到机器人的脑袋后面，就像一只讨厌的、会叮人的小虫子。

“救命呀，小星侠！”机械卡拉一边叫一边用拳头捶打着那个庞大的金属怪物。她的尖叫声太造作了，就和她的人造皮肤一样假。不用说，这个冒牌卡拉肯定是外星霸主在母舰上制造巨型机器人时同时设计出来的。

“我来救你，卡拉！”扎克大吼一声，但又马上改口，“呃，虽然你只是普罗大众里的一员，虽然我们只有过一面之缘，可我还是会救你的！”他又向机器人俯冲过去，在千钧一发的关头突然一闪，那只巨爪又打空了。

观看这场世纪大决战的可不止我一个。拉拉就站在米莉曲奇店门口，一身暗翅女侠的装束，正在咬一块加了双份巧克力豆的曲奇。

“喂，暗翅女侠，你不是应该帮助小星侠的吗？”

“我的动物超能力在这里是英雄无用武之地呀。”她沮丧地说，“购物中心只允许导盲犬进来，我要是派一群拉布拉多犬扑上去围攻一个巨型机器人，这个……好像有点不太合适吧。”

我也赞同她的说法，这确实不太合适。

这时候，小星侠用护体力场卸开一记重拳，机器人的巨大拳头猛地弹开，砸穿了约·寿司店的窗户。它把手臂从店里抽出来时，胳膊上沾满了各式各样的寿司和手卷。

“不知你有没有留意到，”拉拉说，“最近扎克变得越来越厉害、越来越优雅，看来他真的充分掌握他的超能力了。”

“呵呵。”我嘟囔了一句算是回答。我最受不了听她说扎克怎么成长为一个真正的超级英雄。虽然心里有一万个不情愿，可我还是得承认，这个机器人根本不是扎克的对手。这场对打很快就会结束，机械卡拉会以觍着脸亲小星侠作为报答。我完全没办法阻止，只能在旁边看着干着急。

突然，我看到美食广场的喷泉水池里浮着一个被丢弃的购物袋。

真的没有办法吗?

我拔腿就跑。“喂，你去哪儿?”拉拉问道，“你会错过大结局的。”

那个购物袋是迪士尼专卖店的。那个专卖店就在拐角那里，我跑进去，经过各式各样的公主和《星球大战》人物的人偶，来到超级英雄专区。我一下子就找到了我要找的东西：一排排小星侠的装束就摆在最显眼的位置——现在正在举办万圣节大促销。我拿了一件，匆忙穿戴好，然后站在邪恶皇后魔镜前仔细检查一番。我穿上超级英雄装束太好看了！“魔镜魔镜告诉我，世上帅哥谁最火?”我说。

“小星侠。”魔镜回答道。

讨厌!

当我回到美食广场时，架也快打完了。战场已经转移到了较高的楼层，扎克和机器人就在科斯达咖啡店门外进行人机对决。

“呃……卢克？”拉拉一边说一边上上下下打量我，“嗐，无所谓了。”她指了指卢克，“我偷偷跟你说吧，他本来老早就能结束战斗的，之所以拖那么久就是为了炫耀耍酷。你也知道，在我姐面前他是怎么表现的。”

“那个不是你姐。”我说，“那是一个机械卡拉。”

“你在说什么呀？那个怎么会不是我姐？”

没时间和她解释了，我必须阻止扎克击败机器巨人，不让他赢得机械卡拉的一吻。

只见扎克歪了歪脑袋，调整一下斗篷，然后双臂齐出。他是打算用心灵遥感超能力把机器人彻底击倒。

“来了……来了，”拉拉紧张得上气不接下气，“这是最后一击！”

扎克朝咖世家咖啡店的店门瞄了一眼，然后转头看着机器人。“改天喝咖啡吧，小宝贝儿。①”他模仿终结者说了一句俏皮话。

就连他的俏皮话也比我说得更俏皮！

---

① 书中原文是“Hasta la barista, baby”，改自阿诺德·施瓦辛格在电影《终结者2》中的著名对白“Hasta la vista, baby”（再见，宝贝）。其中barista是“咖啡店员工”的意思，此时扎克正好站在咖啡店外，想起咖啡，就把施瓦辛格原话中的vista改成了barista。

我连忙掏出外星人遥控器，对准我自己，拼命按那个增加音量的键，把音量调到最大。

“喂！”我的声音突然在商场内炸响，就像发生了一次音爆。

刚才逃过一劫的店铺窗户一下子全被震碎了，商场的广播系统在一阵尖锐的电流声中炸毁了，一股大力把扎克震得在空中转个不停。

可我还是晚了一步，因为扎克已经把他的超能力释放出来了。机器人的脑袋一下子从肩膀上飞出来，砸在美食广场的喷泉水池里。火花像雨点般四处飞溅，伴随着一股电路烧焦的恶臭，脑袋上的一只电子眼还闪着微弱的亮光。

无头机器人一下子跪倒在地，抓住机械卡拉的爪子也松开了。扎克迫不及待地迈步向她走去，却没留意到对手虽然倒了，却还没死。只见无头机器人抽搐了一下，一只闪闪发亮的利爪像镰刀似的在空中划过，仿佛一辆失控的火车头重重地撞在扎克身上。扎克惊叫一声，翻过栏杆，往地面急坠下来。眼看就要撞到坚硬的地面了，他突然稳住身体，在地上弹跳滑动翻滚了一段，终于停在我脚下。

喷泉水池里，机器人脑袋上的红眼睛闪了最后一下就彻底变暗了，也就是说，现在只剩下机械卡拉一个敌人了。趁扎克还晕头转向地瘫倒在地上，我从他身上跨过，快步跑上自动扶梯。

机械卡拉正在扶梯出口等着。“小星侠？怎么你看起来有点……不一样？”

我喘了一口气。“因为我飞的时候会显得高一点。”

机械卡拉点了点头，竟然相信了我的解释。“哦，小星侠，如果不是你把我从那个东西的魔爪中救出来，我还不知道会有多惨呢！”说着她悄悄地走近了一点，“你太了不起了，太厉害了，太帅了！我怎样才能报答你呢？”她噘起嘴来，闭上眼睛，一张脸就像死星逼近奥德朗星球[①]似的向我凑过来。

我已经无路可退了。她马上就要亲我了，可是牺牲我总好过牺牲我哥吧！我咬紧牙关等着。

“不会吧?！”扎克说。

他和拉拉已经来到了自动扶梯的出口。机械卡拉的眼睛一下子瞪得溜圆，她惊奇地看看我又看看他。有真正的超级英雄做对比，她一眼就看穿了我这个冒牌货。

“别让她亲你！”我脱口而出。

扎克的目光像匕首似的向我掷来，然后他转头看着机械卡拉。“不好意思。”说完他突然伸手扯掉了我的面具。

“喂！你别不理我，你得听我说呀！”

“什么？哼！我为什么要听你的废话？”

---

① 死星逼近奥德朗星球：是科幻电影《星球大战》中的情节，死星逼近奥德朗星球（莱娅公主的故乡）后将其炸毁。

“你们俩是亲戚吗？”机械卡拉怀疑地说，“你们两人拌嘴的感觉就像我和我妹吵架似的。”

“我们没怎么吵架呀！”拉拉刚开口反驳了一句，马上知道泄露秘密了，“呃……我说的‘我们’是指我和……三个哥哥，还有我的狗……呃……”她手里还拿着小半块吃剩的曲奇，“……‘曲奇’。”

其实拉拉根本不需要担心泄密，因为机械卡拉一双邪恶的机器眼只是盯着我和小星侠两人。

“谁？他？我弟弟？”扎克说，“不不不不不！他大概只是我的一个小粉丝罢了。呃，我们送你回家好吗？你刚才也折腾得够呛。不知您怎么称呼？”

“叫我卡拉吧。”机械卡拉说，“你能带我飞回家吗？”

“我……通常不……呃……好啊！”他很尴尬地伸出一只手臂，“我能不能……呃……因为……纯粹从安全角度出发……我需要……”

机械卡拉抓住他的手臂，将它紧紧搭在自己腰间，“是像这样吗，小星侠？”

扎克那张戴着面具的脸顿时涨得通红。“对。”他的声音好像也哽咽了，“就是这样。”

然后小星侠抱起机械卡拉腾空而起，从中庭屋顶的一个大洞飞了出去。

“不要啊！等等！”我大声喊道，可惜我哥就算听见了也装作没听见。

“卢克！”楼下有人喊我。我从栏杆看下去，大吃一惊。只见克里斯托弗·塔尔博特正沿着自动扶梯跑上来。他竟然真的搞定了那个外星人特种兵！

“他来这儿干吗?!”拉拉喝道。

“这事说来话长！”我说，“可是现在没时间讲这件事。”

克里斯托弗·塔尔博特来到近前，看着机器人残骸说：“我是不是错过了一场机器人大战？”

“快跑呀！”我一边喊一边磕磕绊绊地穿过一片狼藉的战场，走进一扇写着“此路只通往屋顶”的门。也许还来得及。

“我认得你！”克里斯托弗·塔尔博特上下打量着拉拉，“你就是那个记者小姑娘！”他一边打着响指，一边回忆拉拉的名字，“丽萨……露易丝……罗拉！”

“是拉拉！”拉拉紧绷着脸说，“这下可好，”她“啧”了一声，“我的秘密身份就这样被揭穿了！”

“哦，原来暗翅女侠就是你呀。嘿嘿，有意思。”说完，他转头看我，“你的小伙伴们都有了超能力，唯独你自己什么也没有。哎呀，卢克，好郁闷呀！”

我紧咬牙关，不理会他的冷嘲热讽。这一小段楼梯跑得我双腿酸软，我暗自发誓，在地球的下一次灾难来临之前，我一定要锻炼身体！我要用一系列严格训练把自己瘦弱的小身板锻炼成蝙蝠侠那么强壮！呃……可是我做不了俯卧撑，深蹲也不行，这些动作太难了，而且我的短裤老是会掉下来。

通往屋顶的门就在我们面前。我一推金属横杠，用肩膀把门撞开，一下子冲了出去。

屋顶是平的，一阵阵疾风刮过，布罗姆利镇的中心地带就平铺在我们眼前。我哥就在屋顶的另一端，我顿时松了一口气。只见他和机械卡拉舒舒服服地倚在护墙前，他好像正在指点着布罗姆利镇的景色。我们飞奔着穿过屋顶——我要消灭机械卡拉，可是剩下的时间已经不多了。

我转头问克里斯托弗·塔尔博特：“电池充好电了吗？”

“还在充呢。”说完他叹了一口气。

这时候，扎克看到克里斯托弗·塔尔博特向他跑过去，他的嘴角露出一丝冷笑。“是你？”扎克大喝一声，死死地盯着老冤家的脸。

“小星侠你好，你的斗篷挺好看的嘛。”克里斯托弗·塔尔博特弯腰撩起小星侠斗篷的一角，用两只手指搓着，“是羊绒质地吧？”

扎克一把将斗篷从他手里抽走，狠狠地瞪着我们。“他在这里干什么？”

“我晚点儿再跟你解释。”我说，“现在我得先告诉你一件很重要的事。”

“说！”扎克回答我道，眼睛却盯着克里斯托弗·塔尔博特，仿佛在提防着一只偷过他呼啦圈的老鹰。

我瞥了机械卡拉一眼，只见她正在用那双没有感情的电子眼睛打量着我。“我们去那边说，”我说，“那儿没风。”然后我拽着我哥的手肘，带他走到一处机械卡拉的传感器监测不到的地方。克里斯托弗·塔尔博特和拉拉也围在一旁。

“那个不是你想象中的卡拉。”我低声说，“那是一个冒充成卡拉样子的机器人。不管你干什么，总之别让她亲你，否则你的注意力就会被分散，外星霸主就会趁机向你发射她的远程病毒振荡器，到那时就是世界末日了。”

“亲我？”扎克的声音中流露出一丝喜悦。

“真的吗？”克里斯托弗·塔尔博特说，“用机器人冒充卡拉？外星霸主？世界末日？不会吧？”

“你无论如何要相信我们。”我恳求道。

“我们？”扎克答道。

“别看着我。”拉拉说着走开一步，算是跟克里斯托弗·塔尔博特划清界限。

“我知道这事有点……不可思议。”我说，“可是我和他已经联合起来对付外星人了。”

“什么外星人？”扎克看我就像看着一个疯子——最近他老

是用这种表情对着我，我都已经习惯了。“我没看到绿色的凸眼怪物呀。”

“他们看起来不像绿色的凸眼怪物。”我说。

“那他们看起来像什么？”

我停顿了一下，咕哝着说：“邓纳姆老师。”

扎克脸上露出迷惑、烦恼和愤怒的神情，我也不知道他怎么能同时表达那么多情感。现在正是紧要关头，我决定暂时不告诉他这次侵略原来只是为了做一个电视真人秀——我知道自己这样做是明智的。

“我不知道你们在这儿搞什么花样，我也不想知道。”他斩钉截铁地说。

“小星侠，我们可以走了吗？”机械卡拉用双手环抱着自己身体，“我觉得有点儿冷。”

扎克大步走过去，伸手搂住机械卡拉，最后扭头看了我一眼，说道：“还有，我说最后一次，我做正经事的时候不要打扰我！”

伴随着呼呼的破空声，两人直冲云霄。我无助地看着机械卡拉将一只手绕到扎克脑后，慢慢收紧。两人的脸越来越近，她那两片冷冰冰的机器嘴唇也逐渐逼近扎克。

我听见身旁的拉拉很奇怪地说：“可是她已经有男朋友了呀。”

机械卡拉终于和扎克亲上了。

那一刻，两人在微风中轻轻晃动着。在他们脚下，世界如常运转。消费者们依然在四处寻找特价的便宜货，公共汽车依然轰隆隆地行驶在高第街上。

就在一眨眼间，一道明亮的绿色闪电划破天际，我不禁往后缩了一下。这支从外星人的轨道武器平台发射的光箭无声无息地击中了小星侠的后心，就在他两个肩胛骨的正中。这道闪电令我眼前一花，在我视网膜上留下一条阴影。阴影消散后，我看见一个人从空中坠落。

我哥哥朝着地面一头栽了下去。

·19·
阿——嚏！

“妈妈，”扎克用虚弱的声音叫道，“再给我拿一个枕头行吗？”

我站在扎克房间外的楼梯平台上，听着他一边咳嗽一边抽鼻子。

扎克没死。我们在购物中心后面的一条小巷子里发现了他，当时他正躺在一些箱子旁。从那么高的地方摔下来，他竟然连骨头也没断一根。除了一只脚崴了之外，他根本就没受伤，只是受了点惊吓罢了。可是外星人的远程病毒振荡器原来是一种非常巧妙又非常恶毒的武器——我们做梦也想不到，这件武器竟然会那么变态！它发射的既不是死光，也不是热射线，更不是微缩射线。

它发射的是“鼻涕射线”！扎克被击中后，仿佛变成了一团塞满鼻涕的人形纸巾。“阿——嚏！”紧接着是噗的一下充满潮湿质感的声响，又一坨浓稠的黏液飞了出来。

昨天下午，我们把他带回家时，他的鼻子早已“涕”如雨下，我们终于看清了外星武器的邪恶本质。把扎克击倒的那束射线原来是让他患上了重感冒——重得能让他在床上躺好几天。我仿佛能听见外星霸主挖苦的狂笑声——地球最伟大的守护者居然只能在电视新闻上看着外星人入侵地球。

可是外星人什么时候才入侵地球呢？我真的被他们弄糊涂了。小星侠已经倒下，他们怎么还没动手呢？确切地说，小星侠的超能力并没有消失，只是淹没在浓痰鼻涕的海洋里。苏-邓纳姆军团侵略计划的最大阻碍正瘫在床上，一个鼻孔里还塞着一管治鼻塞的喷雾。在这一刻，天空应该布满了外星人进攻的飞船，大街上应该回荡着人类四散奔逃时发出的惨叫声。如果我是霸主我就绝不会拖延时间——要高兴也不差这一时半刻，打赢后再乐个够也不迟呀！事情的进度完全不合情理，外星人到底在等什么呢？

“妈——”扎克又在嚷嚷了。

“来啦，宝贝儿！”妈妈抱着一个干净枕头从我身边匆匆走过，嘟囔着，“想不到有人生病比你爸更夸张。”

这话说得没错，爸爸生病时已经够萎靡的了，可是一个得了重感冒的超级英雄才是最可怕的。从扎克的屁股接触到床垫的那一刻起，他就开始提出各种各样的要求。要吃柠檬素感冒药，但是柠檬味不能太浓。想喝汤，但不要西红柿汤，只要鸡汤，而且汤里不能有鸡肉；还有，鸡汤要去熟食店买，不要街角便利店里卖的罐头鸡汤。要加一条毯子，可是不要蓝色那条……

妈妈在房门前停下来。“不就是一个小感冒吗？”她扬起眉毛，“看他那架势，还以为是世界末日呢。”

呵呵，妈妈，你这可就有所不知了。

她挤出一脸微笑，走进扎克房里。我远远在后面跟着，小心地保持着安全的距离。房间里面的窗帘都拉上了，空气中弥漫着一股煮袜子的臭味。扎克正躺在床上打哆嗦，只见他全身裹在被单里，就像一个埃及木乃伊。我能想象他是哪一种木乃伊：“我要一个金字塔，但是塔顶不能太尖。”在他的床头柜上摞着一叠教科书，还摆着一碗水果。

“枕头来了，亲爱的。”妈妈一边说一边轻轻地托起他的脑袋，把枕头垫在下面，“看起来你要错过这件大事了。”

那一瞬间我还以为她说的是外星人入侵呢。

“用这种方法来逃避婚礼，你真厉害。”妈妈说着，把枕头弄松软。

对呀！詹妮表姐的婚礼就在明天！我只顾着忙苏–邓纳姆这摊事儿，竟然把婚礼给忘了！我哥真走运，毫不费力就躲过了婚礼，就像F–35战斗机戏弄地对空导弹那么轻而易举。扎克竟然咧嘴对我奸笑！命运真不公平。

“威尔逊老夫人会帮忙照顾你。”妈妈说，“如果你需要我们就打手机好了，我的手机会一直开着。”

他把脑袋搁在新的枕头上，先朝着这边，然后再换一个方向，一直哼哼唧唧地小声呻吟着。

“怎么了，宝贝儿？”妈妈问。

“这枕头……”他停顿了一下，“羽毛太多了。”

见到此情此景，任何一个有理性的人都会用那个“羽毛太多”的枕头狠狠拍他的脑袋，可妈妈只是笑笑。她把枕头从他脑袋下面抽出来，说道：“好吧，亲爱的，我去给你换一个。”

“谢谢妈妈。”妈妈快步走出房间，扎克在她身后吭哧吭哧地喘气道，“世上只有妈妈好。”

房门嘭的一下关上了，挂在墙上的著名数学家系列海报被震得直晃。艾萨克·牛顿爵士从挂钩上脱落下来，砸到那碗水果上。我怀疑这是牛顿第一次落在苹果上。

“你又想干吗？”扎克呻吟着，把一双布满血丝的眼睛转过来看着我，“我都病了，你就别拿你那些日常废话来烦我了。”

我坐在他的床尾（希望我已经超出了他喷嚏的射程），说：“我说的真的不是废话。我们在这儿说话的时候，外星人已经在地球同步轨道上为入侵做准备了。你为什么死活不肯相信我呢？你也不是不信外星人呀，决策人左邦不就是一个外星人吗？”

“虽然我相信外星人的存在，不过那次和这次不一样。”他一边说一边喘气，仿佛达斯·维德[1]患上了肺炎。

我突然气得汗毛倒竖。“这么说，你的外星人——我始终还没见过呢——就是千真万确的，我的外星人你就死活不信咯？”

扎克又呻吟了一下。“又来了，又是邓纳姆老师的故事。你为什么老是看到超级坏蛋和外星人呢？并不是因为他们是真实存在的，而是因为你心里渴望见到他们。你只有一个能耐，就是胡编乱造！”

这个能耐听起来不是什么了不起的超能力，甚至连断臂侠[2]都比不上。

“唉，你就行行好吧。”他用拳头堵着嘴巴咳嗽了几声，然后继续说，“卡拉终于亲我了，你却编造一些类似《世界大战》场景的荒诞故事来否定我和她之间的故事。”

“哼，好极了！”我一边说一边举起双手，“现在你可算如愿以偿了！”

我都要气坏了！荒诞？我说外星人侵略地球是荒诞，难道他

---

① 达斯·维德：科幻电影《星球大战》中的西斯尊主，是皇帝最信任的臣仆之一。他曾在战斗中全身严重烧伤，靠包裹全身的维生系统才得以存活。

② 断臂侠：DC漫画作品中的超级英雄，来自外星球，可将手臂卸下做武器。

在购物中心的遭遇就不荒诞吗？

“你觉得那个大机器人是哪儿来的？难道是从阿尔戈斯[1]来的？”我摇了摇头，“你看不出来吗？这些都是外星人邪恶计划的一部分。”

“就是那些和邓纳姆老师一模一样的外星人？”

“对啊。”

“他们派了一个样子像卡拉的机器人来亲我？”

“对啊。不过准确来说，她亲的是小星侠，不是你。”我突然想到一个可怕的念头，“你没有打算……向她暴露你自己吧？”

扎克用手肘撑起身体。“卢克，我得澄清一下，你是问我有没有打算脱下面具给她看，是吧？”

他怎么问得那么奇怪呢？难道我这句话还会有别的意思吗？

扎克把艾萨克·牛顿爵士从水果碗里拯救出来，再小心翼翼地平放在地板上。“我们亲的时候，我看到一道明亮得难以置信的光线，然后就有一种麻麻痒痒的感觉流遍我全身。”他的目光突然望向远方，“你认为每次被人亲都会有这种感觉吗？”

我认为他吃太多柠檬素感冒药了：“哼，你有这种感觉，也许是因为你被外星人的超级武器打中了，你这猴子！”

---

① 阿尔戈斯：希腊城市，至今已有约五千年历史。

正常情况下，每次我取笑扎克是猴子，他都会给我一拳，可现在他只是用迷离的眼神看着我。“我为什么要问你呢？你又不懂女孩子那些事。”

外星人的这个分神大法太有效了，甚至比霸主预计的更有效。现在扎克只关心一件事：和卡拉亲热。

我还有最后一招：扎克就算不信我，也总会信自己的眼睛吧！我把手伸进口袋，掏出一样东西：“要是没有外星人，那么你说这东西是哪来的？”我掌中放着苏–邓纳姆的遥控器。

“呵呵，这东西真像阿尔戈斯的出土文物。”他说，“啊！原来是个电视机遥控器！那又怎样？”

“对，可是这个遥控器能开关你的声音，能打开安全门，还能做很多别的事，只是我们不知道罢了。这是先进的外星科技啊！我这就给你演示一下。”

我正要继续，扎克却举起一只手：“我相信这遥控器能做你说的那些事，可这些真的是外星科技吗？还是克里斯托弗·塔尔博特的疯狂小发明呢？嗯？”他用冷峻的目光盯着我，“在购物中心的时候，你为什么和他在一起？”

我本来可以告诉他，我已经和这个曾经的超级坏蛋结盟了；我也可以告诉他，克里斯托弗·塔尔博特单挑外星人的时候，就像绝地武士那么英勇；可是我为了让他相信外星人真的要侵略地球，已经浪费了太多时间。“一言难尽。”说完，我从床边溜下来。很明显，就算扎克的超能力没有因为重感冒而减弱，他也不会帮忙的。我的前路已经很清晰，扎克是不会与我同行的。

我走到门口时，他已经坐起来了。虽然我们的谈话使他疲倦不堪，可他的语气还是很坚定。

“卢克，你一定要听我说，你绝不能信任克里斯托弗·塔尔博特，这个人很危险。”

如果小行星天劫不是扎克的天劫，那么克里斯托弗·塔尔博特就会成为他的天劫。明白我在说什么吗？

“是，他这人很危险。”我耸了耸肩，“可是至少他相信我的话。”

我扔下我哥不管了，就让他自己郁闷去吧。我一边下楼，一边想象着在某个角落里，外星人的大钟正在嘀嗒作响。我无法预测他们还要多久才动手，可是我要完成的任务还有很多很多。不过，布罗姆利镇的上空竟然没有出现外星人的战船，我心中又生出一线希望。

我决定打电话给军队，希望他们有些专门应付这种绝境的秘密武器。我好不容易找到一个电话号码，却是退役老兵联会驻本地办事处的电话。他们没办法把我的电话转去军队的武器研发部门，却帮我报名参加了一次骑自行车为老兵筹款的活动。

我沮丧地挂了电话。我这样做其实一点意义也没有，就算让我找到一个留着一撇胡子的将军又能怎样？我连自己哥哥都说服不了，怎么说服他呢？现在这件事已经成为我一个人的责任了。没有小星侠的援助，没有军队的支持，也没有朋友的帮忙，我必须想出一个办法去抵挡侵略者、拯救地球！这个世界的命运就落在我的肩膀上了，这个担子比我想象的重多了。

·20·
灵光一闪

第一个难题是，我不知道怎么才能制服苏-邓纳姆。千百年来，她们已经征服了许多星球，而我呢？我勉勉强强才熬过了初一的上半个学期。

我经过走廊小桌子的时候停了下来，我的视线被几个一直放在桌面上的相框吸引住了。其中一个相框摆放的位置与平常稍稍有点不一样，所以我才会留意到，肯定是有人拿起来仔细端详过。这照片是妈妈给爸爸、扎克和我父子三人在海边拍的。当时我才四岁，坐在爸爸的肩膀上，手里拿着一个巧克力雪糕甜筒。照片中的我们都很快乐（可惜我们只快乐了十秒钟，因为拍完这张照片十秒钟后，我被一只海鸥吓了一跳，失手把雪糕砸在爸爸的脑门上了）。

七岁的扎克身穿超人T恤，我记得他只是为了哄爸爸开心才穿这衣服的。当时我们肯定不知道扎克日后会变成什么样的人，即使是现在我也不知道我长大后会变成什么人。这个念头让我觉得很害怕。成长路上会有多少黑暗的时刻和未知的因素呢？突然，我想起一件事：如果外星人真的占领地球，我就再也没有成长的烦恼了，因为她们会替我决定我的未来。和这个星球的其他人一样，我会成为一个整天坐在屏幕前的活死人。所有东西都会一成不变，我再也不用害怕长大了。这样的结局真的很差吗？

“卢克，你没事吧？卢克！”有人轻轻地推我的手臂，把我从沉思中唤醒。原来是妈妈站在我身旁，关切地注视着我。刚才她一遍又一遍地叫我的名字，可我根本没听见。她伸出一只手摸了摸我的额头。

“嗯，没发烧。”她松了一口气，说道，“我们不想你也错过那个婚礼。”

“对啊。”我嘟囔着，“那可太失礼了。”

她想跟我这个小儿子说几句知心话，于是我们一起走进厨房。我坐在桌子旁，妈妈给我装了一碗恶心的健康小食：胡萝卜！说真的，在多重宇宙的历史上，有谁会喜欢吃胡萝卜解馋？

“你爸爸……”她一边说一边把我对面的椅子拉出来，“最近他无论做什么事，情绪都很低落。”

这次谈话和以往有点不一样。在绝大多数情况下，妈妈都会清清楚楚地表明，这儿是她说了算！虽然我很不喜欢被人使唤，可是无论我有什么困惑，总能在爸爸和妈妈那里找到答案，每每想到这一点，我心里就觉得很安稳、很踏实。可现在妈妈说话的语气显得有些不知所措，就像一直以来保护着我的那张安全网突然要散架了。

“他会找一份新的工作吧？”我一直以为自己知道这个问题的答案是什么，可是现在我已经不敢确定了。

“他当然会再出去工作。”妈妈拨弄着衣领上的扣子，“只是现在，嗯……他感觉有点……怎么说来着？”她想了一会儿，“无能为力。”

这种感觉我太熟悉了！

“他又在电脑上看那些古老的电视节目片段了。”她说，“一看就一整天。你能不能进去陪你爸坐一会儿，卢克？要是你不介意的话，抱抱他吧。”

我哪有时间干这个！我还要忙着拯救世界呢！可是反正我现在一点头绪也没有，也不差那几分钟，于是我点头答应了。

我轻手轻脚地打开客厅门，只见里面窗帘低垂，唯一的光源来自电脑屏幕。爸爸慵懒地坐在屏幕前，闪烁的荧光在他脸上跳动。他大腿上还搁着一袋超大包装的M&M巧克力豆。

我进客厅的时候他抬头瞄了我一眼，伸手拍了拍椅子，于是我轻轻地坐在他身旁。屏幕上播放的是一部古老的黑白电影。

“这是《飞侠哥顿》。”爸爸解释道，“是1936年的旧版，新版的再也不会像以前那么拍了。在这里你能看见火箭飞船是用一根根绳子挂起来的，那些恐龙是花园里面的蜥蜴假扮的，那些惊险场面都是用实物拍摄的。”

屏幕上正在上演的一幕发生在一个未来的宫殿里。这个未来的宫殿是怎么体现的呢？他们用了一块闪闪发亮的窗帘和一个颇有宜家风格的王座。一个满头浅金色卷发的女人正在和一个光头男人说话。光头男人身披斗篷，两个尖角领子高高竖起，嘴唇上边和下巴上的胡子一看就是粘上去的。他坐在王座上，还不时用手捋着假胡子。

“他是谁？”我问。

“邪恶的明王，大反派！”

“她呢？”

“黛儿·雅顿，是飞侠哥顿的最爱。可是依我看，飞侠爱错人啦。你看到另一个了吗？”他指着屏幕上的另一个女人，只见她上身穿着一件亮晶晶的比基尼，头上戴着头饰。“那是奥拉公主，也就是明王的女儿。”爸爸仔细打量着她，“我觉得你妈妈有点像奥拉公主呢。”

爸爸说这话的时候显得很高兴，可是我完全看不出妈妈和她有哪一点相像。

“飞侠哥顿现在怎么了？”黛儿·雅顿质问。

“你再也见不到那个地球人了！”光头明王得意扬扬地说，“你是属于我的！我明王今天就要娶你做王后！”

“哈！哈！她又要晕倒了！”爸爸说，“快！快吃一颗M&M！每次黛儿·雅顿晕倒你都得吃一颗。”他拿着M&M的袋子在我鼻子下面使劲晃。“她老是晕倒呢！”

我们肩并肩地坐着，嘎吱嘎吱地嚼着巧克力豆。“要是她不愿意，为什么还要嫁给他呢？”我问。

“她没有别的选择。”爸爸说，“明王打算用‘忘情机’去照她，这个机器能让她忘掉自己真正的爱人飞侠哥顿。”

我留意到妈妈正站在门外，爸爸却没有发现。

“在你们结婚之前，你有没有用忘情机照过妈妈？”

“那还用说？”爸爸说，“像她那么好的女人怎么会愿意嫁给像我这样的男人呢？我当然要靠外星洗脑设备帮忙了。”

我看到妈妈脸上露出一丝微笑。

“飞侠哥顿有什么超能力？”我问爸爸。

“超能力？他没有什么超能力啊，除非英俊潇洒也算超能力。严格来说他并不是超级英雄。在原版漫画里，他从美国一所很著名的大学毕业，还会打马球。”

我完全掩饰不住心中的惊奇：“这么说，他只是一个普通人？”

“呃，对啊。”爸爸说，“可是他能上学费高达二十五万美元的学校，能自己养马打马球，这就不普通了。”

一个普通人也能拯救地球？我还从来没有考虑过这个可能性呢。

“可他并不是靠单打独斗就成功的，他有很多好朋友和强大的盟友。比如说黛儿·雅顿，还有天才科学家查可夫博士，以及鹰人族的伏尔坦王子。”说着他拍了拍我的腿，“来，快坐好，我们看好戏咯。这一套有十三集，接着还有续集。然后我们再看巴克·罗杰斯①。”

我真想和爸爸坐在这儿看太空冒险科幻老电影，一直看到眼珠子都掉下来为止。可是我又看到了妈妈的目光，她并没有生气，只是有点难过。在这一瞬间，我突然明白了苏–邓纳姆真正邪恶的地方在哪儿。每天都坐在屏幕前看一整天的电视，这事情听起来很有吸引力，真正做起来可能还挺好玩的，可是这种乐趣能维持多久呢？其实，我并不想一辈子看着别人冒险。

我要有属于我自己的冒险经历。

“把电脑关了吧。”我说。

“我会关的。”爸爸一直盯着屏幕，舍不得把视线移开，“很快就关了。”

我把手放在他的手上。“你问问自己这个问题：飞侠哥顿

① 巴克·罗杰斯：1979年上映的美国科幻电影《巴克·罗杰斯在25世纪》中的角色。

会不会花一辈子的时间去看过去的电视节目呢？”不等他回答我便接着说道，“不会的！他宁愿出去闯荡，他宁愿穿上一套瘦得几乎穿不上的紧身衣，驾驶着一架像洗洁精瓶子似的、喷了银漆的破旧飞船在银河系翱翔，为了人类而战斗。”我停顿了一下，“爸爸，快把键盘放下吧。”

他低头看着手中的键盘，好像第一次留意到这个东西似的。然后他慢慢地把键盘放到咖啡桌上。这时候，妈妈轻轻地走进了客厅。她和爸爸默默地注视了对方很久、很久。

咔嚓一声，笔记本电脑进入了休眠状态，暗黑的屏幕闪了一下，顿时变成一片失去了星光的银河。我全身上下突然打了一个冷战。

我有主意了！

我有些精神恍惚地走出了客厅。

“卢克，你没事吧？”我在妈妈面前“飘”过的时候，妈妈问，“你今天怎么了？我真的希望你别被你哥哥传染了重感冒。”

我几乎没听见她的话，因为在那一刻，我脑子里有千头万绪在转个不停。我把这些思绪一条一条地理顺，编织成一个完美的计划（我说的“编织”只是比喻，当然不是真的编织）。我已经知道怎样击败外星霸主了！可是这个计划不是我一个人能够完成的。

是时候出动我们的围巾特攻队了。

·21·
第一应急方案

瑟奇家的后花园，一尊长着翅膀的小男孩雕像正朝着喷水池里撒尿。

我一想好行动计划，就马上打电话给拉拉，又随便编了一个借口糊弄爸爸和妈妈，然后直奔瑟奇家。我在他窗外学猫头鹰叫，连续不断地叫了十五分钟，他才终于出现在窗前。幸好瑟奇是一个人，那个乔什·坎已经回家了，估计是回去吃饭并且欺负家里人。

“你也知道我妈妈禁止我和你玩吧！”瑟奇一边说一边小心翼翼地转头往身后瞥了一眼，“你快回去吧。”

大敌当前，他妈妈的禁令算什么？！我必须让瑟奇明白事态的严重性！“我正式启动围巾特攻队第一应急方案！”我说。

“你不能这么做！”他喘了一口气。

“我没有别的选择。”

“不！你不能……我的意思是，我们根本就没有应急方案，我们连团队标志还没有呢。”

“可能以前还没有。”我点头说，“可是我们本来确实打算制订一个应急方案的，现在我就启动了。”

他停顿了一下，然后也点头说：“嗯，也有道理。”说完，他伸手打开窗栓，“我马上出来。”

第一应急方案一旦启动，被它召唤的人绝不能置之不理。这就好像你听见欧比旺·克诺比①的鬼魂在你耳边小声教诲，或者看到蝙蝠侠的标志显现在云层下方……有些事情你是不能不管的。

我们走回树屋的路上，我已经把我们分道扬镳以来发生的种种事情详细告诉了瑟奇。他一边听着，嘴角一边逐渐往下撇，最后竟然噘成了一个猪嘴。我知道他是因为错过了那么精彩的冒险经历而追悔莫及，尤其是我从外星人母舰胜利大逃亡的那一段。他叫我把那段经历再讲一遍，每一个细节都不要遗漏。于是我又把外星母舰的故事复述了一次。说着说着，我觉得一股暖流把我们两人包围起来——这绝对不是热射线，而是和好朋友重归于好

---

① 欧比旺·克诺比：科幻电影《星球大战》中的绝地大师，是安纳金和卢克父子两人的师父。

的温暖感觉。

拉拉正独自一人在树屋等着我们。我没有叫克里斯托弗·塔尔博特，虽然他是个暂时的盟友，却没资格参加围巾特攻队的核心会议。再说了，他也没空，因为他约了银行谈小型企业贷款。

“拉拉你好。”像往常一样，瑟奇在她的两边脸颊各亲了一下，表示欢迎。他这样做早已习惯成自然，就像蜘蛛侠用蛛丝荡来荡去那么自然。

“我本来也不知道你会不会来的。”我对她说，“你现在相信我的话了吗？你相信那个是机械卡拉了？”

拉拉点点头。“我一开始还以为你说的什么机器人啊都是你蛆构[①]出来的。”

我忍住了没纠正她的错别字。

她继续说：“可是他们竟然在购物中心的屋顶上亲嘴！打那以后我就知道你说的是真话了。真正的卡拉是绝对不会亲小星侠的，因为她已经有男朋友了。不用怀疑了，住在我家里的那个东西就是一个邪恶的机器人冒牌货！来吧，我们商量一下怎么拯救我姐姐和全世界。”

我们围坐成一圈，讨论我的计划。瑟奇照例开始吃零食，这次他打开的是脆脆巧克力棒。对我来说，领导一个秘密组织去反

---

① 蛆构：此处拉拉又说错了，她想说的是“虚构”。

抗星际侵略者，这是一次全新的经历，可我是有备而来的！我戴上一个眼罩，①把右眼遮起来。在理想情况下我当然想要一个黑色的眼罩，可惜博姿连锁店只卖颜色鲜艳的。

我把手伸进死侍背包，掏出我最信任的火星猎人笔记板。“我们今天的议事日程只有一个任务。”我把笔记本转过来，让他们看到上面的大标题，“外星人马上就会侵略地球，我们决不能让他们得逞！”他们两人全神贯注地听着。我接着说道：“我们先简要概括一下。虽然外星人已经击倒了小星侠，可是不知道出于什么原因，她们还没有向地球发起总攻。”

“呃……这不明摆着吗？”拉拉说，“她们不敢动手，是因为怕我呀！”

瑟奇正吃了满嘴的脆脆巧克力，听了这话差点儿呛死。

她在开玩笑吗？她肯定是在开玩笑吧？我掀起眼罩，仔细端详她的脸，想找一点提示。

她不是在开玩笑！

“从某种意义上说，”我说，“你的话绝对是正确的。”

“真的吗？”瑟奇问。拉拉狠狠瞪了他一眼。

“我花了好长时间才想明白，决策人左邦为什么要给你那么特别的超能力。”我开始解释，“扎克那些超能力都是为了对抗

---

① 漫威世界里的神盾局局长尼克就戴了一个眼罩，卢克模仿的就是尼克。

那个足以毁灭地球的小行星而量身定制的，而你的超能力更像是用来对付一个训练恶狗干坏事的恶人。不过，左邦给你一个这么垃圾的超能力的时候，他其实是心中有数的。正是因为这个超能力那么垃圾，所以才能击败外星人！”

“够了，够了，我明白你意思了！”她说，“可是你能不能别再说我的超能力‘垃圾’呢？”

我答应了。“如果连我们也忽略你，外星人就更加不把你当回事儿了。她们以为你不会对她们构成威胁，可实际上你就是那颗从失去防护盾的排热口射进死星内核的质子鱼雷！[①]”

“我是那颗射进什么的什么？”

“无所谓了。”我说，“等我开始讲述计划细节的时候，你就会明白了。”

我还没开始说，瑟奇就先开口了。“我猜啊，首先，我们驾驶一架秘密隐形太空船从五十一区起飞；接着我们略施小计，把核武器藏在……嗯……比如说，一只玩具狗里面；我们还会干一些精细活儿，比如在气密舱里做手脚；然后我们找到真正的卡拉，经过惊心动魄的战斗，勉强逃了出来；最后，外星人的飞船在我们身后爆炸，场面非常恢宏壮丽！这时候，一轮旭日升起，万丈光芒照耀着地球。我们联络美国国家航空航天局，获取返回

① 科幻电影《星球大战4：新希望》中的情节，卢克在最后关头就是这样摧毁死星的。

大气层的具体坐标。在太空船的船舱里，我们互相注视着对方，彼此间的尊重失而复得。我们当中有人说了一句笑话，调节一下紧张和尴尬的气氛，于是每个人都哈哈大笑起来。笑声过后，我们碰杯庆祝，将小星侠能量饮料一饮而尽，千言万语尽在不言中。最后我们还会获得荣誉勋章！对吧？”

看到了吧？这就是为什么我需要瑟奇了！“这个计划太妙了，瑟奇！”我说，“在古往今来的所有计划里，只有阿德里安·维特①用一条假的超自然外星巨型乌贼带来世界和平的壮举能够和你的计划相提并论。”瑟奇听得心花怒放，满脸笑容。这时我话音一转：“不过这并不是我们的计划。”

“那我们怎样才能阻止外星人入侵呢？”拉拉问。

“我们不去阻止她们入侵！”我说，“难道我们能抵挡得住大规模的空袭吗？难道我们能够通过近身肉搏，击退成千上万个外星士兵吗？不可能的呀。我们只是一帮小孩，就算我们当中有一个人拥有超能力，可是我们这个围巾特攻队连一场感冒也扛不住，就更别提保护地球、抵御外星军队的全面入侵了。”我看得出拉拉和瑟奇都听糊涂了。难道我召集他们来树屋的时候还说得不够清楚吗？他们来是为了听我详细讲解击退外星侵略者的计划呀！

① 阿德里安·维特：DC漫画作品《守望者》中的另类超级英雄，为了实现世界和平无所不用其极。

“虽然我们没办法制止她们侵略地球，”我笑了，“可是我们能让这个电视真人秀中断！”

·22·
关掉电视

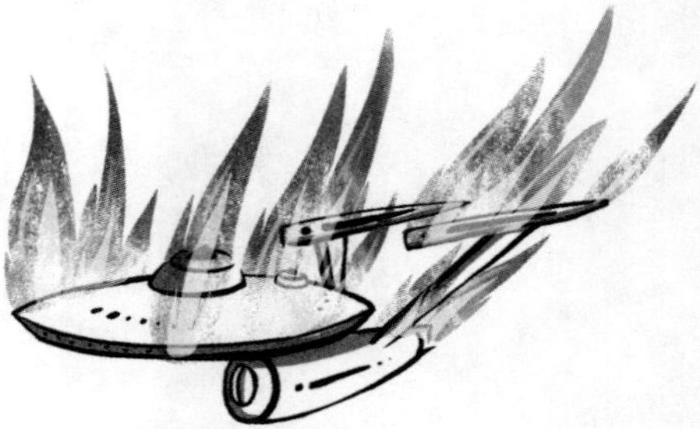

我的话音刚落，树屋门嘭的一下被撞开，几片已经卷曲了的褐色和金色树叶被躁动的秋风刮进来，在木地板上掠过。深秋的晚风像冰冷的手指扫过我的脸庞，我感受到了来自初冬的第一丝寒意。

“只是风把门吹开罢了。”见两个好朋友脸上露出惊惧的表情，我连忙安慰他们。夜幕已经降临，我于是打开了树屋的灯，那是三盏使用电池的LED（发光二极管）灯，每一盏的外形都模仿了一个复仇者联盟的成员。我们围坐在钢铁侠、雷神和绿巨人的灯光里，我开始解释我的策略。

“我在母舰上面的时候，外星霸主告诉我，外星人的整个社会是建立在一个电视真人秀的基础上。她们不是要抢我们的矿产资源或者水资源，也不是想把我们做成人肉麦乐鸡块。她们侵略地球只是为了把侵略的全过程向她们的母星球现场直播。也就是说，要是我们能打断苏-邓纳姆的电视直播……”

“那么她们就没有理由再侵略地球了。”瑟奇帮我把话说完。他的眼睛睁得像飞碟那么大。

“你打算关掉外星人的电视？”拉拉怀疑地说，“这就是你的计划？”

我举起外星人的遥控器说：“切断她们的直播信号就能终止她们的侵略。”

我看着两位好朋友。我们的手里掌握着全人类的命运，可是小星侠的手里只有擦过鼻涕的纸团。这一次，拯救世界的任务就交给我们了，想不到吧！

我在地板上清空一块地方，放下外星遥控器，然后摊开一张我自己手绘的学校地图。

“外星人的飞船真的和我们学校很像吗？”拉拉问道。

“因为苏-邓纳姆想把她们的飞船弄得尽量恐怖一点。”我解释道。

“你不喜欢学校是吧，卢克？”

我耸了耸肩。“也还好了。”我说。

“其实我也挺害怕的。”拉拉说。

哦？这我可想不到。“可你不是跟我说了一大堆关于成长的事情吗？将来做一个超级英雄兽医？你说你都等不及了。”

“有时候我确实有那种感觉，可是很多时候我又有点害惧。”

我觉得她想说的是“害怕”或者“畏惧”。她说错话的时候，我通常都很想开口纠正她，可是在这一刻，我突然感到一种久违了的亲近感。

“我其实也有恐惧感。”瑟奇说，“我相信乔什·坎已经开始怀疑我了。”

“怀疑你什么？”拉拉说。

“每次他来我家玩，吃完午饭后总是要坐在我的扶手椅里睡午觉。我就用妈妈的镊子拔他的鼻毛，只拔一根，就足够把他痛醒了。那种疼痛很剧烈却也很短暂，充其量只是一个小小的胜利，可是我已经感觉很愉快了。迄今为止我总是能把责任推给我们的猫。”

“你家养了猫？我怎么不知道呢？”我说。

“问题就是我们家根本就没有猫呀。”瑟奇说，“而且我有点担心，乔什·坎可能已经开始意识到了。”

这都什么时候了，我们怎么说起猫来了？！我转头看着地图，“我们任务的最主要目标就在ICT教室这里。”我把一只手指戳在母舰最顶层甲板的一个区域里，“外星霸主向我讲解她的地球侵略计划的时候指给我看了，侵略的全过程就是从ICT教室这里对外进行直播。”

拉拉仔细钻研着地图。“假设我们能成功登上母舰，避开所有巡逻哨兵，躲过沿路的机关陷阱，最后神不知鬼不觉地成功抵达防卫森严的ICT教室，可是我们怎样才能切断他们的直播信号呢？”

“我们需要带一只鼹鼠登上母舰。”我说。

“你是指一个隐藏至深的双重间谍[1]吗？”瑟奇问。

“不！”拉拉说，“他是说一种在院子里常见到的毛很柔软的小型哺乳动物。”她停顿了一下，“我知道你想怎么做了。”她拿起图纸仔细研究各处的细节。

“我还是不明白鼹鼠有什么用。”瑟奇说。

我向他解释我的思路：“在大自然中，鼹鼠的挖掘能力是数一数二的。我们只需要好好训练一只鼹鼠，把它放在合适的位置，它就能挖到中央控制面板里，用强有力的前爪把那些电线和电路全部刨烂，于是外星人就没办法进行广播了。”

拉拉放下图纸。“我觉得我已经找到合适的鼹鼠了。它们叫它什么来着……”她眯起眼睛，“幽灵！”

瑟奇和我目瞪口呆地看着她。

“怎么了？”她说，“对啊，我就是认识一只有外号的鼹

---

① 间谍：原文的单词 mole 既有鼹鼠的意思，也指隐藏在敌人内部的间谍。

鼠！有什么好大惊小怪的？”

“你们说的都挺好的。”瑟奇说，“可是为了实施这个鼹鼠潜入计划，我们必须先上船。可是我们怎样才能登上外星母舰呢？”

“用这个！”我一边说一边从背包里掏出《渺小地球人！》的游戏光盘，“只要我们破解它的工作原理就可以了。呃，或者我应该说，只要等克里斯托弗·塔尔博特破解它的工作原理就可以了。”

“不行！”拉拉反对说，“我们不能让他参加，他是坏人！”

“可是我们需要他呀！”我说，“别忘了，他有本事研制机械塔尔博特和马克十四亚轨道超级机甲！如果世界上有人能够利用这张光盘进行逆向传输，这个人必定是他无疑。”

“扎克怎么样了？”拉拉说，“他好点儿没有？我用心灵感应专线呼叫他，却只能听见吧唧吧唧的声音。”

“哦，那是因为他得了重感冒。”我说，“他的鼻子完全塞死了，而且他痰的颜色像芥末。”

“你们看到了吗？”瑟奇突然说，“那个外星人的遥控器在动呢。”他指着说，“看！又动了！”

瑟奇说的没错，遥控器上面的按键自己在动，好像有隐形的手指正在按它。有人正在操作这个遥控器。

只见遥控器顶端的红外指示灯一闪一闪的，空中突然出现一幅超高清全息图像。那是一张黑色高背皮座椅的背面，那图像实在太逼真了，这座椅仿佛就放在我们的树屋里。

“快，”我低声对拉拉说，“快把面具戴上！”

拉拉连忙把面具从头顶扯下来，及时遮住了双眼。全息图像那里传来一声皮座椅摇晃的嘎吱声和一阵向两侧退开的脚步声，然后座椅慢慢转过来，露出了坐在上面的人。

“来自地球的卢克·帕克，你好。”外星霸主一边说一边将十根手指搭成一个金字塔形，冰冷的目光在我们三人身上扫来扫去，“你就组建了这样一支军队来阻止我侵占地球？很厉害嘛。也许我应该马上撤兵了。”画面外传来一阵欢快热烈的哨子声。

“我们不怕你！”我们三人肩并肩站在一起。我说：“我们就是专门对抗邪恶的超级英雄秘密组织：围巾特攻队！瑟奇，给她看看我们的标志！”

“呃，还是算了吧。”瑟奇说，“最新设计的那个方案我不是很满意。”

霸主不管我们，挥了挥手。“带犯人。”两个苏-邓纳姆快步走进画面，中间还夹着一个正在挣扎的人，正是卡拉。

“放开我！你们这帮怪物！”卡拉说着，两脚乱踢，身体拼命地扭动。

“卡拉！”拉拉失声叫出来，“你没事吧，姐——”话音未落她就意识到自己说错话了，不由自主地缩了一下身子，“——介事情很可疑，这事情相当可疑。”

卡拉眨了眨眼睛，从全息图像里看着我们。“暗翅女侠？”

“呃，对啊。”拉拉说，“你好。”谢天谢地！虽然拉拉说漏嘴了，可是因为她戴着面具，所以她姐姐没认出来。“公民，我想确认一下，她们是否遵守《月内瓦公约》，好好对待你吗？”拉拉问道。

“呃……那是叫《日内瓦公约》吧？”卡拉说，“哦，是的，我挺好的。谢谢你关心，暗翅女侠。”然后她看见我了，“小家伙！你逃回去啦？救兵在哪儿？小星侠正在杀过来，对吧？”

“呵呵呵，卢克·帕克，”霸主乐呵呵地插嘴说，“你想亲口告诉她吗？还是要我代劳呢？”

卡拉的目光中充满了期待，我怎么开口呢？“那个，对啊，救兵……”我咳了一下，“就在你面前了。”

她的五官顿时皱成一团，一脸的失望。

“还有我呀！”拉拉用欢快的语气说，“我也在救兵队伍之中呢。”

“太好了。”卡拉凄凉地说。

“可是听你的语气不怎么好嘛。”拉拉嘟囔了一句。

这时候，霸主一声令下，两个苏-邓纳姆把卡拉拖走了。卡拉依旧拼命挣扎，还大声骂脏话，当中有两个字我听都没听过。

“我们一定会救你的，卡拉！”我朝着她的背影喊道，“我保证！”

霸主哈哈大笑：“你们赢不了的，来自地球的卢克·帕克。一直以来总有人想用奸计战胜我们，却从来没有成功的。不管你想出什么样的阴谋诡计，我们都已经见识过了。”她掰着手指开始数，“建造巨型机器人来保卫你们的星球？第九十二季已经有了。建造太空战舰？第二百季也有了。靠三寸不烂之舌说什么大爱无疆？太多季使用这个桥段，我都数不清了。把核武器藏在动物玩具里面？在第四百零六季也出现过了。”

“哎呀——”瑟奇低声叹了一句。

“还有，看看这个，”她举起厚厚的一沓文件，用手翻着页，“排热口护盾的维护时间表。”她把那沓文件一扔，发出啪的一声响。“哦，对了，你还想过用地球的细菌感染我们是吧？趁你们还没使出这么下三烂的招数——”她一边说一边卷起运动服的一条袖子，露出上臂，只见上面有一个红色小肿块，明显是刚刚形成的，“我们已经打预防针了。”

说完她靠回椅背上，一副悠然自得的样子。这下子轮到我恐慌了。“我觉得你们的伎俩也就是那么几招了。听着，根据规范的入侵程序，我们会选择在被入侵星球历史上有重大意义的一天发动总攻，这样做能够增强节目的戏剧性。因此，我们占领地球的日子已经选定在——”她停顿了一下以加强效果，“十月十二日，独立日！”

画面外又传来苏-邓纳姆们喝彩的哨子声。我竖起一只手指表示反对，霸主打手势让观众们安静下来。

“又怎么了？”她喝道。

“呃，那不是独立日。”我说，“独立日是七月四日。”

“才不是呢！”她很不耐烦地按了几下遥控器，空气中出现一系列滚动的日期，每一个日期下面还有一条百科全书式的简短注释。“看，十月十二日，赤道几内亚的独立日。你们地球的学校都教了些什么呀？依我看，我们占领了地球，其实是造福你们呢。”

明天就是十月十二日了，正好是詹妮表姐的婚礼，她肯定要抓狂了。

“你就一直盯着天空吧，卢克·帕克。”霸主得意地笑着说，“十月十二号黄金时段，记住锁定我们的频道，不要错过你们世界的大结局哟。”说完她动了一下脚，座椅刚开始转动，突然又停下来。“对了，还有一件事情，差点儿忘了。”她从全息图像里面向外看，我顺着她的目光看到了我偷回来的遥控器。只见遥控器顶端的红外指示灯正在以固定的频率一闪一闪，树屋里人人都屏住呼吸，在一片死寂中我听到了很微弱的哔、哔、哔的声音。“就像你们地球人常说的……”她扬起了眉毛，“和了[①]！”

“和了？”我问。

她皱起眉头。“哦，等等，不是‘和了’。应该是什么来着？啊，对了！”只见她皮笑肉不笑地说，“将军[②]！”

“快跑！”我大吼一声，推着拉拉和瑟奇往外跑，“那东西在倒数呢！快跑呀！”

我们三人跌跌撞撞地跑到露台边缘。拉拉来不及召唤她的小鸟了，只见她身手矫健地扑到绳梯上，三两下就回到了地面。瑟奇第二个逃，我殿后。一声爆炸撕破了深秋午后的宁静，一股热浪把我从绳梯上一下子抛到地面。我趴在泥地里抬起头来，扭着脖子往后看。

树屋已经着火了。

★★★

虽然消防队及时赶到，阻止了火势的蔓延，可树屋到底还是保不住了。当爸爸和妈妈看到惨烈的现场时，他们和其他父母的反应一样，都是在如释重负的同时又勃然大怒。幸好，他们终于相信了这不是我的错——我没有玩火柴和火焰喷射器。消防员最

---

① 和了：麻将术语，即赢了。这里的“和”音同“胡”。
② 将军：象棋术语，指攻击对方的“王”或“帅”“将”。

后断定是我的复仇者灯具发生故障，导致了灾难性的后果。至于“外星人设下的陷阱”，这个可能性完全没有人考虑。

树屋的残骸在最后一丝暮光中继续焖烧着，残阳落下了地平线，遗下一片凄冷的夜空，橡树也化作一个巨大的黑影。我站在院子里，裹紧身上的大衣。我再也不能走进这个树屋了，就算我们重建一个，也和以前的不一样了。我在这里度过的分分秒秒已经变成了回忆：我和我哥的争吵，我赖着不做的作业，还有我的各种宏图伟略……都没了。火焰把我在世上最钟爱的角落烧成了灰烬，我却只能在旁边无助地看着。

“现在我知道进取号在创世星自毁的时候柯克船长是怎样的心情了。”我说。

瑟奇走过来和我并肩站着：“还有进取号在维里迪安三号星战役中坠毁的时候。”

我点了点头：“还有进取号在保卫纳伦德拉三号星时被罗慕伦侵略者击毁的时候。”

“还有进取号被索利安人摧毁的时候。”瑟奇补充道。①

我们默默地站着，我们呼出的气在冷空中形成一团团白雾。

“进取号被摧毁了好多次，是吧？”瑟奇说。

现在还不是痛心疾首的时候，我们还要挫败外星人的侵略计

① 这里提到的进取号的各种毁灭方式都出自《星际迷航》系列影视作品。

划呢。“走吧。”我说，“这只不过是一座树屋罢了。”于是我们转身往回走，向着温暖的屋子走去。

·23·
独立日

即将播出

“看，多英俊哪！”妈妈一边说一边整理着我的衣领——这已经是她第十亿次摆弄我的领子了，“真的长大了。”

“妈——”我很不满地抱怨着。我身上穿着一套“马克斯思班塞”牌子的两件套燕尾服——可惜不是太空服，否则就有用多了。

今天是表姐詹妮大婚的日子，也是赤道几内亚的独立日，更是外星人侵略地球的日子。今天，赤道几内亚的人民正在准备为纪念他们在1968年脱离西班牙统治获得独立而举办庆典；而表姐詹妮就和其他新娘一样，为走上红毯做最后的准备。他们都不知道，外星人侵略者就躲在我们头顶的同步轨道上，也在为直播总攻做准备。

在敲了一下门后，爸爸溜达着进了我的房间。他看了我一眼，然后开始装作抚摸手臂上一只隐形的猫。我知道他想干啥，可是我没心情陪他玩。

“我偏不说。”我交叠起手臂说。

“哎呀，快说吧。”他说。

我啧啧了两声，还是屈服了。我清了一下嗓子，说：“你想我告诉你吗？”

爸爸又摸了一下怀里那只隐形猫，然后扬起一条眉毛说：“不，邦德先生，我想你去死。”[1]

“开心了吧？”我问。

爸爸已经笑逐颜开了。“看呀，你第一次穿燕尾服！我得给你拍个照。”说完，他放下隐形猫，掏出一个小傻瓜相机，开始狂拍。“自然点。”他一边说一边把镜头戳到我面前，“就当我不在这里好了。”

我为什么那么幽怨呢？一部分原因是他们逼我穿燕尾服，更别提那个领结和尖头的新鞋了，可更主要的原因是当天早上我和克里斯托弗·塔尔博特打了一通气人的电话。他给了我一部手机，以便我们随时联络。那么多年来我一直请求爸爸妈妈给我买一部手机，可是每次我问他们要好东西的时候，他们最后总会买

---

① 这是电影《007 大战金手指》中的经典对白。

鞋给我。天蒙蒙亮时我就打电话给他了。

“你知道现在几点吗？”他迷迷糊糊地说。

“现在刚刚天亮。”我回答说，“你想到使用那个传送器的办法了吗？”

“还没。”

“可是你本来有那么多时间！”

“喂，小兄弟，我这可是要让一种疯狂的外星高科技设备反向运行啊！”

“可是我们时间已经不多了，克里斯托弗·塔尔博特！”我之前已经算准了我们还有多少时间。霸主说总攻会在黄金时段开始，黄金时段是指电视网络预计某时段会有最多观众，所以就把最好的节目放在那时候播出。最好的节目当然是《神秘博士》，既然《神秘博士》在晚上七点半播出，那么外星人的侵略行动就会在格林尼治标准时间晚上七点半正式展开。

“我们还需要等多久才能开始行动呢？”我问道，“实际上，如果我们要想有足够时间去阻止外星人的话，我们就必须在无花果配羊奶奶酪的餐前小点端上来之前就登上外星人母舰。”

“别担心。”他说，“我会准备好的。”

“希望是这样。因为我们全靠你了。”我想了想，又说，“全世界都靠你了。”

“嗯，没错。”克里斯托弗·塔尔博特沉思了片刻，说，

“对吧？”说完他就挂电话了。

因为我很难从婚礼现场溜走，所以我们的计划是让克里斯托弗·塔尔博特带着反向传送器来高尔夫俱乐部的男更衣室与我们会合。可是他到底能不能设计出一台真的管用的传送器呢？哼，他最好能成功，因为我们根本没有第二个登上外星人母舰的方案。

爸爸终于收起了照相机，我也松了一口气。“你总算拍完了，”我说，“还有别的事吗？”

“有。”他说，“你这套衣服还缺少一个重要的细节，看。”说着他把手伸进他自己的西装口袋，“我有一件东西送给你。”

刚才我们说到了007，所以我希望他会送我一件和007有关的好玩儿东西。“是一支能发射抓钩的钢笔吗？”我问。

“不，儿子，这是——”

“一个水下喷气背包？”

“对啊，卢克，我口袋里放着一个水下喷气背包。”

爸爸这是在说反话挖苦我。只见他摊开手掌，露出里面的一对银色袖扣，一个是超人盾牌的形状，另一个是蝙蝠侠的蝙蝠标志。

“我帮你戴上吧。”说完，他把手伸向我的袖口，“这些东西你自己是很难戴的。”他先把一个袖扣系上，再把另一个也装好。

“上面还刻了字呢。”妈妈说。

果然，在超人袖扣的正中心刻着“风驰电掣”四个字，我把另一只手的手腕转过来，只见蝙蝠侠袖扣上刻的是“力挽狂澜”。我说了声“谢谢”，正想再加一句“挺酷的”，爸爸却抢先说这两个袖扣“真帅气”，于是我就不用说了。

爸爸和妈妈走开了，他们也要做最后准备。他们严禁我靠近一切会滴会溅会洒的东西，怕弄脏我的新礼服。我不知道这个禁令中是否包括了扎克和他那些会飞的鼻涕，可是我决定冒一次险，因为有些话我必须和我的哥哥说。

扎克睡着了。他双目紧闭，呼吸时发出咖啡机般的声响。我知道妈妈说他需要充分休息，不过这事情太重要了，于是我抓住他的肩膀把他摇醒了。

他的眼睛猛地张开，然后整个人一下子坐直了。“X平方加Y平方等于P！”

典型的学霸，连做梦也在做数学题！他向我眨了眨眼睛，然后很幽怨地咕哝着说：“你又想怎么样？”说完，他连续打了几个喷嚏，一边打一边浑身发抖。

“爸爸说飞侠哥顿没有超能力。”我说着，把一张纸巾递给他，“可是他凭着受过的良好教育和朋友的帮助拯救了世界。克里斯托弗·塔尔博特不是我的朋友，可他绝对算是一个疯狂的天才科学家。拉拉虽然不是鹰人族王子，却也勉强算是鸽子公主吧。而瑟奇有低血糖，经常会晕倒，只是不像黛儿·雅顿那么频繁。”

扎克的脸皱成一团，上面写满了困惑。“你在说什么呢？”

“我知道你不相信我说的外星人入侵的事，”我继续说，“不过这事确实是真的。如果我们的任务失败，那么这一切就全靠你了。扎克，到时候不管你有没有患上重感冒，你也必须拯救这个世界。对了，如果你恰好能在几个小时内恢复体力，外星人的母舰就在布罗姆利镇上空的地球同步轨道上。那东西和我们的学校一模一样，你不会认错的。”可是我看得出来，我说的这番话，他一个字也不信。

我转身离去。快走到房门口时，我脑子里突然出现一个念头：如果任务失败，那么这就是我和我哥说的最后几句话了。他还坐在床上，一脸困惑地看着我。“扎克，我只是想说，你确实成了一个很好的超级英雄。虽然你比不上超人或者蝙蝠侠，可是我敢负责任地说一句，你已经达到了海王[1]的高度。”

“哦……谢谢……”扎克说。

然后我就回房间去了，留下扎克继续沉浸在我的溢美之词当中。我发了一条短信给克里斯托弗·塔尔博特，要他汇报制造传送器的进展。我正在等他答复时，妈妈突然探头进来：“是时候

---

[1] 海王：DC漫画作品中的超级英雄，正义联盟成员。

出发了。还有，你要是想称赞我穿上这礼服有多么高雅漂亮，你就畅所欲言吧。”

“我非说不可吗？”

五分钟后，我们三个人一起上了车，沿着摩尔街向前驶去。没走多远，路上就堵得死死的，好像所有人都从车里下来了。

“怎么回事？”爸爸问。

“可能前面有事故吧。”说完我按下车窗，把脑袋伸出去张望。

每个人都抬头看着天空，于是我也学他们仰头看去，顿时倒抽一口凉气。

“那到底是什么东西呀？”妈妈说。

只见在午后阴郁的天空中，有几个熊熊燃烧的大字横跨天际，每个字都有一百英尺（约合30.5米）那么高。这几个字写着：即将播出。

就在我们注视的过程中，几个大字慢慢淡化隐没，取而代之的是一系列短片：一束热射线把整个城市熔化；成百上千架外星战斗机从母舰腹部蜂拥而出；外星人的旗帜在政府大楼的废墟上冉冉升起……每一个场景都配有同一个不停振动的音符，听起来就像嘭嘭嘭的声音。

最后一个短片播完了，“即将播出”几个大字重新浮现在空中。下面还出现了几个同样巨大的火焰数字：3: 00。

然后那串数字就在我眼前变了。

2: 59。

倒数开始了。

“啊。”爸爸回到车里，“肯定是《神秘博士》最新一季的宣传手段。”他看了看表，叹了一口气，“那时我们还在参加婚礼呢，只能以后补看了，卢克。”

我含含糊糊地答应了一句“好啊”，可是我知道这个倒数和《神秘博士》没有一丁点儿关系，那些短片都是从真人秀以前的节目里截取出来的片段。

这其实是世界末日的预告片。

·24·
恐怖婚礼

十五分钟后，我们的车驶进了高尔夫俱乐部的停车场，可是克里斯托弗·塔尔博特依然没有回复。我从车上蹦下来，只见那串倒数的数字还在我头上的高空中熊熊燃烧着，方圆几十英里都能看到。那条预告片似乎设置成了循环播放模式，每过几分钟就播一次。我把视线收回来，跟着爸爸和妈妈走进俱乐部。铺着格子图案地毯的大堂里竖着一个牌子，上面写着："欢迎出席詹妮·辛普森女士与马尔文·马利克先生婚礼的嘉宾们。"

"想不到我能在有生之年看到他们结婚。"妈妈嘟囔着。

詹妮表姐和马尔文已经恋爱很久了，比天长地久还要久。他们总是说要等到世界末日才结婚。前段时间地球几乎被小行星天劫撞毁，就在天劫离开后的第二天，他们就预定了这个高尔夫俱乐部举办婚礼。可是我现在突然想到，如果我们这次任务失败，那么表姐还是没能赶上在世界末日前举行婚礼。

外星人已经通过播放短片，预告我们的世界末日即将来临。我本来就心急如焚，现在就更加恨不得马上开始行动了。问题是克里斯托弗·塔尔博特还没发来消息，只要他没进展，我们围巾特攻队就会一直困在地面上。

更惨的是，妈妈还要我在婚宴上四处应酬！我穿的那套燕尾服，本来就吸引了很多宾客围着我赞叹不已，再加上我的爷爷奶奶也来参加婚礼，两人更是揪着我问寒问暖。被众人围观已经够烦人的了，可是更让我受不了的是他们没完没了地问我扎克怎样，又说他没来实在太可惜了……最后，莫琳奶奶在我脸上又捏了一把，又叫了我一次“美味的小南瓜”，我终于忍无可忍，找了个机会避开那帮老人家，溜去找瑟奇了。

我被允许能带一个宾客，当然得叫上我最好的朋友了。瑟奇他老妈居然批准了，于是我们约好在宴会间外面等。我走进双扇门的时候，突然看见一个穿着套裙的女孩站在一个很高的花瓶旁边。她裙子的花纹样式天衣无缝地与浅红色的花束融合在一起，我几乎没留意到那里站着一个人。

这女孩就是拉拉。在今天以前，我只见过她穿牛仔裤、校服、一套极不合身的猫女装束，以及暗翅女侠的超级英雄装束。“你穿裙子了？”我掩饰不住语气中的惊讶。

她皱了皱鼻子："好眼力呀，福尔摩斯。"

我呆呆地注视着她，完全无法将目光移开。之前爸爸沉迷YouTube的时候，有一次他给我看一系列过去的电视广告，里面有很多猴子穿着人的衣服……我并不是说穿裙子的拉拉让我想起一只穿了人的衣服的猴子，我只是觉得两者的反差都是那么惊人。

"两位朋友，下午好。"瑟奇一边说一边漫步走了过来。他也身穿出席晚宴时才会穿的盛装，却是一副周身自在的样子，可见他那套西装不像我这套燕尾服这么让人浑身发痒。他的领结松松垮垮地套在脖子上，却并不因此而显得不修边幅，反而让他显得气定神闲、自信满满。我伸手摸了摸自己的领结，它全靠夹子固定。

"你们有没有留意到云层上那一串正在燃烧的倒数数字？"

"想不留意也不行呀。"拉拉说。

"可是你比它们更加光彩照人。"瑟奇说。

"哦，谢谢夸奖，瑟奇。"拉拉说，"你也不错呀，很出众嘛。"

"哪里，只是一套旧西装罢了。"瑟奇一边说一边理顺西装的前襟。

我是第一次出席需要穿得这么正式的场合。到目前为止，我去外星人母舰的次数比出席婚礼的次数还要多。

拉拉转头对我说：“你们俩都很英俊潇洒。”

我顿时觉得两边脸颊滚烫起来，衬衣的领口突然变得很紧，就像绞刑套索似的。“穿了衣服的猴子罢了。”我脱口而出。

瑟奇和拉拉很疑惑地看着我。

“拉拉，你来这里干什么？”我连忙问道，想把那句话遮掩过去，“你应该在男更衣间等着呀。”

她的脸色一沉。“哼，卢克，我知道，你并没正式邀请我来参加婚礼！”

我脑子里有一个声音提醒我：赶快扯开话题！我连忙问：“你的鼹鼠呢？”

拉拉解开她的小手提包的扣子，一个长满疙瘩的粉红色鼻子从缝隙里钻了出来。“两位，”她说，“这位就是……幽灵。”

鼹鼠“吱”叫了一声。“它想知道哪位是小星侠。”拉拉翻译说，“我已经告诉它一百万次了，小星侠今天不会来！”说完她自己也发出一连串吱吱吱的声音，我猜这是她第一百万零一次向鼹鼠解释这件事情。

所有人都想见见小星侠，连生活在地底的哺乳动物也不例外，太可恶了！

趁拉拉忙着和鼹鼠说话，瑟奇把我拉到一旁低声说：“我感觉到你和拉拉之间有点暗流汹涌。到底怎么回事？”

“我不知道呀。”我说，“最近她确实老想拉我出来单独说一件很重要的事。而且这事她不对别人说，只告诉我一个。”

瑟奇扬起一条眉毛。

“你觉得这是怎么回事？”我问道。

“这太明显啦，兄弟。”他把一只手搭在我肩膀上，“她喜欢上你啦。”

我的嗓子眼突然变干了。我朝拉拉看去，只见她还在吱吱吱地跟幽灵说个不停。在天劫事件中，我被迫假装和她交往，不过那纯粹是任务需要。可是这次就完全不一样了，她竟然假戏真做，真的想做我女朋友？太可怕了！

“卢克，你没事吧？”拉拉抬头看见我看着她，问道。

“嗯……好的，谢谢关心。”我的嗓音竟然也变成类似吱吱吱的声音，就像鼹鼠幽灵似的。我连忙重新埋头看着手机。“我得看一下短信。”克里斯托弗·塔尔博特还是没有回复。“他会回复我的。”话虽这样说，可是现在连我也开始怀疑他到底能不能及时让外星人的传送器重新运作起来。

一个声音在我身后响起：“嘿嘿，怎么卢克·癫痫者也来了？”

我猛地转身，看见乔什·坎就站在我身后。他穿着一套比他的正常尺寸大两号的西装，正在哈哈大笑，笨重的肩膀不断地颤动，“哎呀，这下好玩了！”

“你……你在这里干吗？”我都口吃了。

乔什的食指在一个鼻孔下面无目的地搓来搓去："什么？"

"你为什么来我表姐的婚礼？"我说。

"你的表姐？"乔什说，"胡说八道，这分明是我表哥的婚礼！"他狠狠地瞪着我，看我敢不敢还嘴。

"哎呀，你们俩别吵了！"拉拉说，"不就是你们两人的表哥表姐结婚吗？"

乔什眼中的怒火逐渐熄灭，显得有点不耐烦，然后又变成恍然大悟的神情。这时候他发现了瑟奇。"史蒂夫！小史！史小弟！"他拍了瑟奇的后背几下，"你跟这笨蛋在一起干吗？"他用拇指对着我。

我强压着怒气，默默地盯着乔什。我从来没有在詹妮和马尔文的家里碰见过乔什，也就是说他不可能是近亲。不过即使他是远亲，有件事我还是逃不掉。我竖起一根手指，在我和乔什之间晃来晃去："这是不是意味着我和他已经成……亲戚了？"

"是你外婆那边隔了八层的表亲，婚后拉近了两层，亲上加亲。"拉拉不假思索地解释说（她的原话好像就是这样的）。对于亲戚关系，只要远过兄弟，我就搞不清楚了。

"换句话说，你们是远房亲戚。"拉拉补充道。

我正打算回答"再远也不够远"——这句话太妙了！可是我还没来得及说出口，大厅里突然响起一阵刺耳的尖啸声，我连忙用双手捂住耳朵。不，这噪声不仅来自大厅里，而是在四面八方同时响起。我朝两人打了个手势，三人一起出了大厅，跑进果岭[①]。那声音听起来就像有人在调银河系最响的一台收音机……终于，他们调到了要找的那个电台，一阵音乐声顿时响彻云霄。

我一下子就听出来了。“那是《渺小地球人！》里的主题音乐！”

乐声戛然而止，接着是用超高保真环绕坑人立体声播放的外星霸主的声音：

“地球人，我们心存和平而来。”

远处传来阵阵回声，仿佛她的声音飘过了十万八千里……我突然意识到，霸主肯定是对全球进行同步广播。在这一刻，无论是在唐宁街十号喝下午茶的英国首相，还是在白宫吃汉堡的美国总统，肯定都在收听，心里还嘀咕着这到底是怎么回事。在詹妮表姐的婚礼会场，我妈妈、我爸爸和其他宾客都已经来到室外听广播。

霸主咯咯笑着说道：“我太喜欢那句台词了。可是，地球人，我们来这里根本就不怀好意。不好意思，你们还是做好准备吧！看着我们恐怖的母舰势不可当地飞过来，你们会当场晕倒。想想我们采用超高科技的战斗机向你们人口密集的大都市投下暴风雨般的毁灭之火的情景，你们会吓个半死。同时，我们的外

---

① 果岭：高尔夫球术语，指球洞附近区域。

星人军队将会发动地面进攻，只是我们的武器比你们先进太多，简直就是用激光枪对付棍棒，你们会被打得哭爹叫娘。”说到这里，她的声音突然变小，就像电台的午夜节目主持人在喃喃低语，“你们这个文明的末日到了。”

“肯定是《神秘博士》其中的一集。”爸爸嘟囔着。

“你说什么？”拉拉问。

我耸了耸肩说：“我什么也没说呀。”

“嗯？怎么听起来像哔哔的声音呢？”

难道是……我的手颤抖着拿起手机，只见屏幕上果然有新短信提示。我连忙按下信封图标，手机屏幕上终于出现了我朝思暮想的几个大字：准备传送。

我转头对两人说：“传送器已经准备就绪，我们可以开始行动了。”

·25·

这是一架点心车！

说做就做，我们马上动起手来。拉拉把藏在花丛后面的小手提包拿出来，包里是她的暗翅女侠装。瑟奇的手指上下翻飞，化作一团光影，熟练地把领结系好。我们三人迅速来到男更衣室。

“这是什么味儿？”我们走进去的时候，拉拉皱起鼻子说。

瑟奇抱着调查研究的态度用鼻子嗅了几下。“是潮湿的防水布一张，加上半磅臭袜子。”

我们经过一排一排抛光了的木制储物柜，一直来到更衣室尽头的墙边。在一条条低矮的长凳下摆着许多双高尔夫球鞋，仿佛这里坐着一支隐形的军队。在最后一排长凳的尽头有一双棕色的麂皮平底便鞋。这双鞋与众不同，因为鞋里有一双脚——克里斯托弗·塔尔博特的脚。

只见他一手拿着螺丝刀，另一手拿着电焊枪，脸上戴着护目镜，正蹲在一台拆开了的游戏主机后面。主机的各个接口上都伸出弯弯曲曲的电线，连接着各种各样的外部设备。在那堆看似随意摆放的设备里，我认出了一个键盘和一个汽车电池。在一团乱麻似的电线和电路板正中，正是那个伪装成游戏光盘的外星传送器。所有这些玩意儿就一股脑儿地堆在一台疑似点心车的物体上。

这时候，电焊枪嗞嗞作响，白色的火焰倒映在护目镜的深色镜片上。只听见啪的一声，克里斯托弗·塔尔博特关掉电焊机，火焰也随之熄灭。

“好啦！大功告成！”他把护目镜推上前额，“厉害吧？”他的唇边露出一丝得意扬扬的笑意。

拉拉把我的心里话说出来了。

“你弄的这坨是什么垃圾呀？这就是一团电线和乱七八糟的东西，还能传送人？”

他的微笑顿时消失得无影无踪。“真是典型的年轻一代。没有漂亮的包装盒和水果商标，就一定不是尖端科技了吗？”他用一块布擦着手，“它能行的，相信我。”

我慢慢走上去看个仔细。只见那堆零配件看起来好像是随意摆放的，可是在这乱七八糟的一堆东西里面埋藏着一个小碟子，碟子上放着一个神秘的半球形仪器。我正要伸手去捅一下那个半球，克里斯托弗·塔尔博特猛地伸出一只手臂挡在我跟前。

“别碰！”他大喝一声，“那是我的炸弹！”

我吓得呆住了。我们商量了那么久，从来没提过“炸弹”呀。

瑟奇认真地端详着这台设备，表情里流露出某种专业兴趣。“啊！对了！”他点头说，“我相信这是一个巧克力脆皮雪糕炸弹。”在甜食和糕点领域，瑟奇是当之无愧的专家。

克里斯托弗·塔尔博特没有回答，这就更加证实了我之前的怀疑。“你偷了一架点心车？”我问。

“不是。”他淡淡地说，“把汤匙递给我。”瑟奇离他最近，于是递过一把汤匙。只听见噗的一声，他用汤匙把巧克力外壳敲开，然后就吃上了。“可是有一个技术上的小故障，”他说话的时候满嘴都是偷来的甜品，“我在计算能量消耗的时候犯了一个错误，”说着他用汤匙敲了敲汽车电池，“这东西储存的电量不够，没办法运行传送器。”

“还额外需要多少电能？”我一边问一边环顾更衣室，“这里肯定有电源插座。”

克里斯托弗·塔尔博特摇摇头说：“这里的电远远不够，恐怕我要用我的超能力了。”

这可真是晴天霹雳。他的超能电力是我们的强力撒手锏，我本来设想让他以满格能量登上外星人母舰的。如果他现在用了超能力来驱动传送器，那么还得过一小时才能再次使用。可是我们必须登上母舰，所以目前已经没有别的选择了。

“嗯……真好吃。”他的汤匙敲在空碟子上，发出叮叮当当的响声。他看着我们三人，说：“哦！真的很不好意思，你们也想来点吗？”

拉拉迎上去，一副想要打人的样子。“我先把丑话撂在这儿，”她说，“我讨厌你，而且我也不信任你。”两人呈顶牛之势，“告诉你吧，我手下有一只松鼠，身上就写了你的名字！你敢胡来试试？”

“呃，是时候准备出发了。”我一边说一边把拉拉的手提包塞到两人中间，防止进一步冲突的发生。拉拉一把抢过手提包，走开换衣服去了。

“她很紧张嘛。”克里斯托弗·塔尔博特等她走远了才说。

“喂，你们俩！”一个声音说，“我还在四处找你们呢。”

只见乔什·坎站在更衣室的另一头。

“你们在这里干吗？”他一边说一边朝我们走过来，“你们听到那段奇怪的录音没有？有点像《渺小地球人！》里面的声音，是吧？”他越走越近，注意到了克里斯托弗·塔尔博特，然后他的目光落在那台点心车传送器上面。“那是什么东西？”

这下麻烦大了，我该怎么向他解释呢？我还没来得及回答，黑暗处突然传来一阵沙沙声响，只见斗篷飘扬，身穿超级英雄服装的拉拉正大步走过来。

“暗翅女侠?!”乔什倒吸一口凉气，“真的是你吗？”

“他在这里干……”拉拉及时改口，“哦，是的，你好。”她扬手行礼说，“暗翅女侠就是我，你好吗？”她清了清嗓子，“呃，我是问，你是哪位？”

“我叫乔什，是乔什帕的昵称。”他一边说一边握住拉拉戴着手套的手，一个劲儿地摇，“真的是你呀？我都不敢相信呢！你知道吗，人人都喜欢小星侠……”——听到这儿，拉拉的脸一沉——“可是我更喜欢你。”

“真的吗？”拉拉说。

“真的！动物超能力才是最厉害的！”

“对，动物超能力才是最厉害的！是吧？”拉拉很高兴。

“喂，暗翅女侠，”我说，“时间紧迫，我们还要执行任务呢，快走吧！”

乔什走到我面前，用一根手指戳我的胸膛。“喂！你有什么资格指挥她？人家是暗翅女侠！”他哼了一声，“你什么也不是，你只是——”

“卢克·帕克指挥官，”拉拉打断了他的话，冷冰冰地说，“超级英雄秘密团队‘围巾特攻队’的首领。我们正在执行一个生死攸关的任务，对抗外星侵略者，保卫地球。”

乔什的嘴唇颤抖着，却发不出半点声音，他戳在我胸口的手指也软了下去。

“指挥官，我们已经准备就绪，就等你下命令了。”拉拉说完，还啪的一下给我敬了一个礼。

“很好。”我答道。拉拉这几句话真是及时雨，一下子就把乔什唬得服服帖帖。我心情激动，好不容易才抑制着心中的喜悦说道：“克里斯托弗·塔尔博特，立即启动超空间传输程序。”

“遵命，指挥官。”说完，他开始把电能源源不断地从指尖输进传送器里。在这个房间里，除了那台设备，乔什也仿佛过电了——透过爆闪的电光，我能看见他脸上尽是震惊的表情。

“暗翅女侠，”我说，“你的法宝准备好了吗？”

她拍了拍挂在腰间皮带上的一个小袋子：“报告指挥官，幽灵也已经准备就绪。”

在一阵呜呜声中，一道绿光从游戏光盘上射出，形成一个圆锥形绿色区域，这情形就和我在水晶漫画书店里见到的那一幕完全一样。

“我告诉过你们，这台传送器好使吧！”克里斯托弗·塔尔博特大声欢呼。突然，他脸上显露出痛苦的神情，脚下一踉跄，坐倒在长凳上——他的超能力已经不稳定了。“快！我不知道还能维持多久！”

“好！围巾特攻队！”我对其余两人说，“我们上！”

虽然时间紧迫，可我还是忍不住想最后嚣张一次。我转头对着张口结舌的乔什·坎说：“乔什，你知道吗？我本来很想让你加入我们团队的，可是史蒂夫已经把最后一个名额占了。”说完我很同情地拍了拍他的胳膊。

瑟奇挥了挥手，让乔什看着他。“呵呵，乔什，我也有件事情必须跟你说。”他说，“其实，我家没养猫。”

乔什什么也没说，只是一屁股重重地坐在长凳上。他脸上什么表情？反正就是特别滑稽那种！

我暗自偷笑，跟在两人身后走进了传送器。

·26·
恐怖圆柱

“小心！”拉拉大吼一声。

我刚刚从传送器的另一头走出去，她就一把抓住我的手臂。我迅速瞄了四周一眼，确定我们已经到了母舰上，可传送点却不是我预期中的体育馆，而是到了另外一层甲板。只见一个个大炉子喷出热风，一排排换气扇嗡嗡作响，巨型冰箱贴着墙壁摆了一圈，就像一个无霜巨石阵。空气里飘荡着一股学校里的饭菜的味道。原来我们到了厨房。

拉拉、瑟奇和我被一群苏-邓纳姆厨娘重重包围，每个敌人手里都挥舞着一件厨房用具。

“小心。”瑟奇说，“她有一把长柄勺。”

只见领班大厨苏-邓纳姆张牙舞爪地向我们扑过来，手中的

长柄勺上下翻飞。她身边的另一个苏-邓纳姆挥动着一套量勺①，发出叮叮当当的声音。要是再配上一个筛子、一个搅拌器和一个咔咔作响的钳子，就能凑成一整套了。

拉拉伸手从台面上端起一个大碗，把里面的东西一股脑儿撒在地上。只见一堆还没熟透的布鲁塞尔小白菜像弹球似的在地板上滚动着，那帮苏-邓纳姆厨娘扑过来，踩在一个个小圆球上面，顿时摔得人仰马翻。

“快跑！”拉拉大叫一声，向着门口飞奔。

我紧跟在她身后。厨房地面铺着油毡，我穿着皮鞋在上面奔跑，几乎是一步三打滑。“这下惨了，”我嘟囔着，“穿皮鞋溜冰来了。”（我不禁想起了詹姆士·邦德。这家伙整天穿着出席正规场合的皮鞋去执行任务，真不知道他是怎么成功的。）

外星人在我们身后紧追不舍，愤怒地吹着哨子。我们跑过一张张堆满了塑料盒的长桌子，只见成千上万个塑料盒摞成一个个高得不可思议的巨塔。

“肯定是侵略部队的午餐。”我一边喘气一边说。

就在我们冲出厨房门的一瞬间，厨师苏-邓纳姆扔过来的一堆苹果击中了门框。我们弯腰低头跑进一条过道，接着突然往回跑，躲进一个相对安全的储藏室，让追兵措手不及。在这

---

① 量勺：西点制作中常用于量取液体或粉状原料体积的勺状容器，一般成套配置。

里，我们终于能够喘口气，重整旗鼓。突然，我发现我们减员了。“克里斯托弗·塔尔博特在哪儿？”

“也许被他传送到母舰的另一个地方了吧？”瑟奇说。

拉拉从鼻子里哼了一声：“我敢打赌，他根本就没走进传送器。卢克你醒醒吧！你想啊，他本来就不是勇敢的人，对吧？你真的相信像他这样的人愿意跑到外太空挑战一群邪恶外星人？不可能！我本来想说他临阵逃脱，胆小如鼠，可是这样说就侮辱了我认识的一些大无畏的鼠类朋友。”说着她解开挂在皮带上的一个小袋子的纽扣，幽灵欢快地钻出来，坐在她张开的掌心里。“至少我们的秘密武器没有丢。”拉拉一边说一边胳肢幽灵的下巴，还发出咕咕的声音，“对吧，幽灵？”

我强挤出一点笑容。我其实对幽灵没有信心，被人胳肢还乐呢，这算哪门子秘密武器呀？

拉拉说中了吗？克里斯托弗·塔尔博特真的扔下我们不管了吗？在高第街我亲眼看见他单挑一个外星人特种兵，所以我知道他其实是可以很勇敢的，可是在大部分时间里他的策略都是溜之大吉……奇怪的是，我并没有生气，我只是替他觉得悲哀。他曾经梦想成为超级英雄，可是现在连尝试的勇气也没有了。

另外还有一件事让我觉得不对劲儿。“外星人侵入了我的思想，知道我最害怕邓纳姆老师，所以把士兵都变成她的样子。”我很迷惑地看着拉拉和瑟奇，“可是现在你们也在场，为什么她们还是那个样子呢？”

“她是挺可怕的。”拉拉承认说。

“唉，没错，”瑟奇说，“我这辈子最怕的就是邓纳姆老师的一百一十米跨栏。”

门口的幽灵皱起那个疙疙瘩瘩的粉红色鼻子，吱吱地叫了两声。

“它说探测不到虫子。”拉拉说，“我想它的意思是外面安全了。”于是拉拉把幽灵放回小袋子，然后我们一起回到过道。ICT教室在母舰的顶层，我迅速划定了一条去那里的路线。

我们在母舰内部急行军。我一边走一边重新评估目前的状况，形势不妙啊！我们闯入敌舰的时候，竟然连最强大队友也丢了，这很可能导致我的原定计划全盘崩溃。我们现在的兵力极度薄弱，简直比薄底比萨的底还要薄。

“我们还是必须先进攻ICT教室。”我说，“一旦幽灵完成挖掘任务，苏-邓纳姆军团就会忙成一团。趁着她们混乱的时候，我们就可以把卡拉救出来了。”

我说得很有信心，其实心里并不像嘴上说的那么有把握。之前我舒舒服服地待在树屋里面，策划怎么击败一群外星种族侵略者，直到此刻我在恐怖的外星飞船里偷偷摸摸地走动，四处都是凶残的外星人，我这才知道自己完全没有准备好。这回栽了大跟头，我得吸取教训了。

“这边。”我一边说一边走在前面带路。过道的墙壁上画着许多让人心惊肉跳的标志，着火的外星人骷髅头、触电的身体、正在融化的眼球……我不需要懂苏-邓纳姆的语言也认得那些是危险警告标志。前方的走廊就在教学楼的科学区。

“我觉得这里有古怪。”拉拉说，“巡逻哨兵在哪儿？既然她们知道我们来了，为什么没有拉响警报？”

突然，我们身后传来响声，只见一个身穿生化防护服的苏-邓纳姆科学家迈着沉重的步子，从一间实验室走出来。我还没反应过来，拉拉一下子就把我和瑟奇推进另一间教室里。

“好险哪！”她长长地吐了一口气。我们躲在这间教室里，暂时安全了。

我环顾四周，发现这儿也是外星人的一个实验室。这里和我们学校的实验室很像，也有一个通风柜和一排排斑斑驳驳的实验桌（都怪实验中的各种意外），空气中也飘荡着臭鸡蛋的气味。当然了，两者也有几处明显不一样的地方。我们的科学实验室顶上吊着一个地球仪，而外星人实验室的天花板下面挂着好几十个各式各样的星球，我猜那都是被苏-邓纳姆军团征服的星球。我们的实验室灯火通明，目的是防止发生意外，可是这里却像剧场那么昏暗。这里没有科学家，地板上却立着六个快顶到天花板那么高、散发着微光的巨大玻璃圆柱。这里也没什么噪声，只有换气系统的嗡嗡声，以及从玻璃圆柱里发出的很轻微的汩汩水声。

在实验室尽头，一个个发光的蓝色方块浮在空中，就像正在不断发出闪电的云层。这些都是触摸显示屏。为什么外星人总喜欢让屏幕飘在半空呢？也许她们和我爸爸一样，都不擅长在墙上装电视机支架（我们家已经因此损失三台电视机了）。

拉拉走到距离我们最近的那根发亮的圆柱前面，她的脸笼罩在一片阴森森的暗光中。“你们觉得里面是什么东西？”

圆柱里面的黏稠液体不断地旋转，就像放了奶油的咖啡。虽然很难看清里面泡着什么东西，可是我很有把握。“我几乎大概绝对可以肯定，里面是一个巨型的蓝色大脑。”我说，“在一个这么怪异的外星静态密封舱里，你很可能会发现这一类东西。”

“或者是一头有触手的恐怖怪兽。”瑟奇补充道。

拉拉又往前走了一步，说：“我觉得都不是。这东西怎么看起来有点熟悉呢？”她伸出一只手，把掌心贴在圆柱的外壁。

留在这里浪费时间实在没意义，还有不到一个半小时就到黄金时段了，我们必须在这之前赶到ICT教室。我正准备叫拉拉出发，忽然发现一张实验桌上放着一部手机，而且不是外星人的手机。我拿起手机，用拇指按了一下主页按键，手机马上亮了，屏幕上出现一个个图标，背景画面是一个微笑的女孩子和一个男孩子：卡拉和马蒂亚斯。

“喂，我找到你姐的手机了。”我一边说一边转身看着拉拉，她还站在装满液体的玻璃圆柱旁，“她的手机怎么会在这里呢？”

我正思考着这个问题，圆柱里面有东西在动，就像一条鱼的尾巴在水中闪过。紧接着，一只手掌突然从黏稠的漩涡中伸出来，砰的一下敲在圆柱的内壁上。片刻之后，一张脸出现在液体里，紧紧地贴在玻璃上。

拉拉吓得倒退了两步，倒吸一口凉气：“卡拉！我们要救她出来！”

“等等！”我大声说，“看！”

只见其他几个圆柱里都开始有动静了。我们看着圆柱的液体渐渐排空，听见里面传来浴缸排水时的咕嘟声响。现在我们看清楚了，原来每个透明的圆柱里都站着一个卡拉！

“这些不是真的卡拉。”我说，心里的恐惧越来越强烈，“她们都是机械卡拉！这里肯定是外星人制造邪恶机器人的地方。”

距离我们最近的那个机械卡拉慢慢地转动脑袋，就像玩具娃娃似的。她的颧骨上本来应该有一层紧致细密的皮肤，可是现在却露出了里面的金属骨骼，还有一颗闪闪发光的机器人眼睛。这个机械卡拉看起来就像一个半成品。她转过头来，盯着站在昏暗灯光中的我们。

我知道我们眼前的是什么东西：“这些是机械卡拉的原型。”

拉拉瞥了手机一眼，说道："我姐姐的整个人生都浓缩在那部手机里了。他们肯定是利用她的手机去给机器人编程，所以她们的言行举止才能和我姐完全相同。啊！糟糕！"

"怎么了？"我问。

"我认得她的眼神。"拉拉目不转睛地盯着最近的那个机械卡拉，"她生气了，我们快逃吧！"

"好！你带路！"我回答说。我们三人朝着门口拔腿就跑，身后传来一阵呼呼声，那几根圆柱的管壁一起上升，没入了天花板。

"门锁死了！"瑟奇一边晃着门把手一边说。

我回头一看，只见几个机械卡拉整齐划一地从各自的圆柱里走下来，她们的大靴子同时重重地踏在地板上，发出嘭的一声。所有机械卡拉都穿着同一款式的牛仔裤和从某个野外音乐节得来的浅紫色T恤衫。

我看着拉拉，说："我们必须赶快逃走！"

"我正在想办法呢！"说着她把幽灵放在地上，向它下达了一系列指令。小鼹鼠蹦蹦跳跳地跑到门跟前，硬是从底下的门缝里挤了出去。"它需要一分钟。"拉拉说。

"我认为我们没有一分钟了。"瑟奇说完，咽了一下口水。

那几个机器人正挥舞着机械手臂，以雷霆万钧的威势向我们逼近，我闻到了一股甜甜的香水味。我们还需要多一点时间！可是怎样才能拖延一下呢？我突然想起拉拉的话：我姐姐的整个人生都浓缩在那台手机里了。

我迅速在屏幕上划了一下，把手机解了锁。然后我找到音乐播放程序，按下播放键，又按住手机侧面的音量按钮把音量调到最大。从手机的喇叭中顿时爆发出吵闹的歌声，正是卡拉最爱的歌手暗黑比利的最新单曲。

我把手机放在地面上向前一推，手机一下子滑到了机械卡拉们的脚下。

走在最前面的机械卡拉抬起腿正要往下踩，却突然停住了，其余几个机器人也跟着一起止步，她们系统最深层的程序仿佛对这段音乐产生了响应。她们围住正在播放音乐的手机，显得有点疑惑。其中一个机械卡拉用脚打起了拍子，另一个扭起了屁股，然后她们的神经机械脑袋一起开始晃动，这些机器人都跟随音乐不由自主地动起来。这时候，歌曲的合唱部分开始了，所有机械卡拉不约而同地举起双臂，跟随着节拍在空中摆动。

突然，咔嗒一声，幽灵从门的另一边把锁打开了。“还不快跑？”拉拉急了，“在等丝绸镶边的请柬呀？”于是我们飞奔出门，回到过道里。我把手机设置成播放暗黑比利的整张专辑，所以那帮机械卡拉还要多听一会儿。

跑过转角时，我转头看着我的两位战友……还有幽灵。只见小鼹鼠的脑袋从袋子里伸出来，就像海盗船的船头雕像。在奔跑当中，它脑袋上的茸毛也被风吹得泛起了涟漪。在这一刻，我忽然觉得，我们能够击败外星霸主，我们一定能够成功。这是行动开始以来我第一次有此信心。

“你在哼1978年超人电影的主题曲吗？”瑟奇问。

我没意识到自己竟然把心里的旋律哼出来了。

“哎，别停呀！”他说，“鼓舞士气啊！”然后他也开始跟着我哼起来。

拉拉凝视我们片刻，耸了耸肩，也加入了我们的合唱。

·27·
鼹鼠突击队

“卢克！”拉拉叫道，“敌人来了！”

我们来到了教学楼的设计技术区，被追兵困住了。在匆忙间我们筑起了一道简易防御工事，材料包括一张咖啡桌、几个装毯子的箱子，还有一张在木工教室找到的质量极佳的乒乓球桌。除此之外，我们还给苏–邓纳姆军团准备了一个惊喜。

这时候，哨子声不绝于耳，一队穿着忍者服的体育老师沿着走廊飞奔，气势汹汹地向我们扑过来。

“先别开火，等我们能看清她们的白色运动鞋……”我说，“听我的命令……发射！”

我们同时举起武器——一排喷胶枪，组成一张黏糊糊的火力网。敌人躲避不及，被高温的胶水射了一脸一身。她们乱抓乱挠，想把身上的胶水抹掉，却失去了平衡，一下子撞上了我们的防御工事，全部摔倒在地。

我在百忙之中把领结扶正，又整理了一下白衬衣的两个袖口，确保从两条西装袖子底下露出来的那一段白衬衣衣袖的长度是相同的。我的两个袖扣在应急灯的灯光下闪闪发亮。“还有一层就到了。”我一边说一边从那帮躺在地上呻吟的忍者身上跨过。

天花板上有一个摄像头在跟随我们前进的脚步转动。这种不停闪烁的电子眼遍布母舰的每一个角落，一共有好几百个。我知道外星霸主正在看着我们，刚才那一幕出现在她的真人秀上，她肯定很生气。

为了对付我们，她可算是用尽了法宝：遥控飞行器、激光地雷、臭气弹……可是她的招数都不能阻挡我们前进的脚步！我们三人（加上鼹鼠幽灵）并肩作战，依靠多年来苦读漫画书和精研超级英雄电影所积累的经验，冲破了敌人一道又一道防线。围巾特攻队大放光芒的时刻到了！

“快看！”瑟奇顺着走廊方向一指。

我们终于来到了信息通信技术部门，ICT主教室就在前方，门前没有什么可怕的敌人，只有两棵盆栽植物。

“我觉得不妙。”拉拉说，“这也太容易了吧？”

我双手撑在膝盖上，弯着腰拼命喘气。“容易？

你……你……说笑……是吧？”我抬头看着她，“你看到图书馆资源中心外面那些会喷火的骷髅怪兽了吧？”我看着瑟奇，“哦，对了，你竟然想到用饮水机对付它们，真是高招啊！”

“多谢夸奖。”

我又转头看回拉拉：“我的意思是，没错，我们成功来到目的地了，可是这个过程一点也不容易。”

幽灵抬头看着我，吱了一声。

“它说什么？”我问。

“这个……挺难翻译的。”拉拉说，“在英语里最相近的说法是，不要小题大做，硬是把一个什么说成一座山。”

“鼹鼠小土堆？”我试探着说。

拉拉狠狠地倒吸了一口气：“喂！你尊重一下鼹鼠好不好？！”

我嘟囔了一声对不起。鼹鼠和女孩子一样难懂，而且比她们更加叽叽喳喳。于是我赶紧转移了话题：“好啦，我们到了。我们进去之后，瑟奇和我负责吸引霸主的注意力，你就找机会把幽灵放出来发动袭击。”两人都点头表示明白。我们来到这一层甲板后，小心翼翼地尽量避开那些监控摄像头，所以我有信心，敌人并没有发现我们的行踪。我叮嘱道：“苏–邓纳姆军团可能有别的阴谋，可是我们至少可以杀她们一个措手不及。准备好了吗？听我的命令……冲！冲！冲！”

拉拉闻言，竟然伸手去敲教室门。

“拉拉！你……”

她连忙把手缩回来：“不好意思，习惯了。”她充满歉意地耸了耸肩，大步走进教室。

乍看之下，这里就像一个普通的计算机教室。可是真正的教室里会坐着一排排小朋友，正在练习编程，好控制一条机械臂去捡起一片乐高积木，而这里却坐满了一个个头戴笨重耳机的苏-邓纳姆操作员，正在制订侵略地球的计划。她们面前飘浮着许多屏幕，上面展示着她们发动总攻前的各项准备工作。她们僵直地坐在屏幕前，手指在屏幕上飞舞，熟练地编辑着视频片段。外星人是要把这些片段作为节目内容的一部分传回家乡星球，同时也向各个被征服星球上面那些行尸走肉般的观众们播放。教室里还飘荡着一阵阵通信对话的背景噪声。他们的侵略计划有如行云流水一般，经过上千季的演练，早已是天衣无缝了。

从我站的位置能看到几块屏幕的正面。在其中一块屏幕上，一个外星人飞行员正将头盔夹在身侧，站在她驾驶的战斗机前接受采访；另一块屏幕中正在播放一个庆典，只见一堆苏-邓纳姆正在“遥控器大堂”里安装一个空的玻璃展柜。不用说，这是给下一个被征服的种族，也就是我们地球人准备的。

在教室前端，霸主坐在指挥官的座椅里，注视着一幅有整整一面墙那么大的战略地图，监督侵略行动的准备工作。大地图的一角有倒计时显示：还剩下不到三十分钟。

霸主看到了我们，脸上顿时略过惊讶和恼怒的神色。她紧紧抓着座椅的扶手，慢慢站了起来："是你们！可是你们怎么能……？我们不是有……？还有……？更不用提……？"

她没料到我们能一路过关斩将杀进来，所以完全没有防备。再也没有什么东西能够阻止我们完成这个任务了，我们迈步向她走过去。说来奇怪，我来到了外星人母舰的指挥中心，明明是身处险境，可是因为身边有拉拉和瑟奇，我竟然觉得现在是前所未有的安全。

"霸主，你们完蛋了。"我说，"这个真人秀可以取消了。"说完我不禁暗自赞叹：这句话说得太威风了！

"别！你们别过来！离我远点！"她按住座椅扶手上的一个按钮，启动一个通信器，用颤抖的声音说，"取消进攻计划！马上给我准备逃生舱！"

太好啦！我们赢了！我多么希望这胜利一刻能够无穷无尽地延长下去。可是胜利时刻都有一个毛病：它们总是太短暂。

霸主突然抬起头，唇边露出一丝笑意："对不起，我实在装不下去了！"说完她哈哈大笑，笑得肩膀都一耸一耸的。

我被她笑蒙了。有什么好笑的？我们刚刚击败了她最厉害的手下，还吓得她马上取消了入侵地球的计划。

这都是真的吗？

这时候，大地图上泛起一阵波纹，然后整张消失了。教室的另一部分刚才一直被大地图遮住，现在才出现在我们眼前。只见一排排座位一直延伸到远处，每个座位上都坐着一个苏-邓纳姆。那帮家伙开始鼓掌。

“这算什么？”我在掌声中问道，“这是怎么回事？”

“这么好的桥段，可惜不是我想出来的。”霸主说，“不，那人能想出这么邪恶的点子，当然比我更狡猾了。我很高兴能在这里向大家介绍本季真人秀的特别嘉宾。”一束聚光灯光线射在一个人身上，照着他沿着观众席中间的一条过道缓缓走来。“有请——克里斯托弗·塔尔博特先生！”

“哎呀，真想不到呀。”拉拉讽刺说。

克里斯托弗·塔尔博特在掌声中穿过观众席，一边走一边四处握手。最终他来到了霸主的座位前，和我们站在一起。

“我们的同盟真的这么不堪一击吗？”我低声说。

“我警告过你，不要信任我。”他答道。

“可是你没必要这样做呀！”我恳求道，“你完全可以做一个超级英雄，因为你也拥有超能力，你是‘劲量电侠’啊！”

“呵呵，你是说我的镍氢电池吗？”他恨恨地说，“我已经算过了，我拥有的电量相当于三十六个高尔夫球车电池，而且还是二十世纪九十年代初生产的那种。这算超级英雄吗？你说呢？”他注视着我的眼睛，“卢克，我想告诉你，我这么做并不是出于和你的私人恩怨，我只是跟巴克莱过不去。”他拍了拍霸主座椅，霸主抬起头看着他。“你还记得要把巴克莱银行的布罗姆利镇分行人间蒸发吧？”克里斯托弗问道。

“巴克莱？”我说，“那家银行？”

“我需要小型企业贷款，他们不批。”他解释道，“我连漫画书店的店铺租金也给不起，已经准备关门了。不过这些都没关系了，托这些新朋友的福，我马上就要成为巴伐利亚地区的最高统治者了。”

“你是人类的叛徒！”拉拉骂道。

“也许是吧。可是我很快就能敞开肚皮吃李子蛋糕了。”他停顿了一下，“那是一种酥皮点心——”

“——上面铺满了去核的李子。”我很难过地替他把话说完。

“你……还记得。”他说。我敢肯定，我从他的语气里听出了一丝悔意。我此刻的心情是既恼怒又困惑，我早就预料到他会暗地里捅刀子，可是我以为他起码会在我们合力挫败苏-邓纳姆军团以后才动手。“你怎么能做出这样的事呢？”我问。

“答案很简单。”他说，“记得在高第街的那个特种兵吗？”我麻木地点了点头。他接着说道：“我根本打不过她。我知道我赢不了，所以就使出了‘带我去见你们头头’这一招。

呃，不过我这次是‘让我跟你们头头开一个电话会议’。你知道吗？当初你告诉我外星人入侵地球其实是一个电视节目，我马上就想出了一个很好的桥段。然后我就把这个桥段献给了外星人的首领。”

霸主打断了他的话：“真是一个绝妙的点子啊！其实我什么桥段没见过？但这个确实是最好的！”她一边说一边向在座的外星人一挥手，“在摄影棚观众面前进行现场录制！”大厅里顿时爆发出一阵阵掌声。“请允许我说一句，你们表现得太棒了！”说完她按了一下手中的遥控器，空中出现一块飘浮的屏幕。

她们开始播放一段我、拉拉和瑟奇在母舰里面奋勇闯关的视频录像。这段视频经过编辑，画面很流畅，还配上了激动人心的音乐。不过视频里面的我们没有一点英雄气概，反而显得愚蠢滑稽。现场观众都在哈哈大笑，我们看起来就像几个不折不扣的大笨蛋。

原来，外星飞船里安装了大量监控摄像头，全方位多角度地把我们这次荒谬的冒险行动的每一秒都记录下来，真是丢人丢到家了。当时我还觉得自己正在执行一个生死攸关的重要任务，哪知其实是人家早就安排好的滑稽喜剧。

而我们就是剧中的小丑。

“你们的表演精彩绝伦！”霸主一边认真观看影片，一边赞叹道，“你们真心相信自己能够拯救地球，所以才会全情投入角色之中，而正是你们这种精神使这一季真人秀特别搞笑。”

“不会的。”我喃喃自语，“不可能发生这样的事。”可不管我怎么否认，这事已经发生了。在这一刻，我骨子里那种“老子天下无敌”的感觉就像肥皂泡一样破灭了。

“这段只是预告片。”霸主继续说，“等你看到最终剪辑版的时候，保证你笑破肚皮。我计划着在攻占地球之后，把这部影片放给战败的地球人看，他们到时候肯定迫切需要狠狠乐一把。”说到这儿，她的身体向我倾斜过来，“因为我将要给你们这个可爱的蓝色小星球带来无穷无尽的痛苦和毁灭！”说完，她向守卫打了个手势，“把他们带走。”

“你先别得意。”拉拉走前一步，“刚才你不停地自吹自擂，我趁你不注意，已经开始执行我们这次行动最主要的一步了。”说完她用手罩住嘴巴，发出三下吱吱吱的声音。我认得她的声音。

对啊！我们还有鼹鼠！

“哼哼！”拉拉说，“现在幽灵正钻进你们主控制台，把你们的光纤电缆撕成碎——”

霸主突然一屁股坐回座位里，抬起手捂住嘴巴，装出一副无聊得要打哈欠的样子。

拉拉被她这么无礼地打断，勃然大怒，说道：“喂！我正在向你解释呢！要不你输了还不知道是怎么输的！”

霸主指着拉拉的脑后，我们一起转头，只见一个苏-邓纳姆操作员手里捧着一个小盒子，盒子侧面有一个装了铁棍的小窗。有两只小爪子抓着铁棍，原来是幽灵正从里面往外看。

“使用爱挖东西的动物，”霸主说，“第四百一十二季就出现过啦。”说到这儿，她突然一翻嘴唇，大喝一声：“把他们带走！”

·28·
地球如此蔚蓝，而我什么也做不了[①]

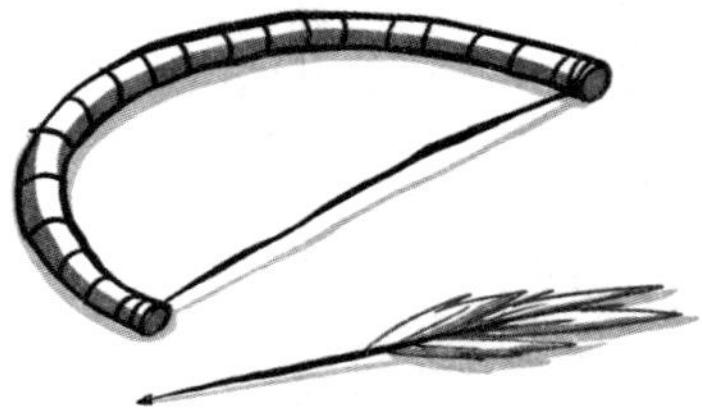

霸主刚刚下达命令，一阵警笛声突然响起。

一个本来一直在低头监视雷达屏幕的苏-邓纳姆操作员抬起头，很紧张地吹了几下哨子。

霸主一下子跳起来："你什么意思？小星侠正在逼近？"

雷达操作员伸手指着屏幕上一个正在快速移动的光点。

霸主举起一个拳头，叫道："所有武器，开火！"

你可能会以为，霸主一声令下，就会万炮齐发，什么激光炮啦、光子鱼雷啦，肯定会惊天动地、震耳欲聋。不过现实是相当沉闷的。外星母舰上各式各样的自动武器系统在一片死寂的真空

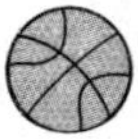

① 大卫·鲍伊的歌曲《太空奇遇》中的歌词。

里朝我哥发射，而我们只能无聊地转动着大拇指，一边等一边四处张望。

另一个苏-邓纳姆吹响了哨子，报告最新进展。

“到了气密舱?!不可能?!”霸主说，“派一队警卫去——”

太迟了！她的话音未落，教室门一下子从铰链上飞脱，小星侠已经飞进来了。他还是用他的招牌姿势降落的：单膝着地，脑袋低垂，斗篷在身后飘扬。

被关在盒子里的幽灵兴奋地发出吱的一声。我不需要翻译也知道鼹鼠是因为超级英雄大救星来了所以激动。和以往不同的是，这次不只鼹鼠，甚至连我也激动了！

“哈！这下你麻烦大了！”我不禁大声欢呼。我也知道这样做有失围巾特攻队指挥官的身份，可是我实在忍不住，还是得意地叫了起来。

扎克缓缓地抬起戴着面罩的脸。“滚……滚……”他结结巴巴地说，看起来好像连气也喘不上来。

霸主脸上的警觉神情慢慢变成了怀疑。她向警卫打了个手势，她们于是小心翼翼地朝着我哥迈出一小步。

“滚开！呃……离他们远点儿！”扎克说着，伸出一根手指，有气无力地向我们挥了一下，“要不你就尝尝我小星侠的威——阿——嚏！”这时候，他的额头上已经密布着一层细细的汗珠，鼻涕也哗哗地流，就像被爸爸修理过的水龙头似的。“哎呀，我得躺一会儿。”说完，他翻身躺倒在地上，浑身哆嗦着，把斗篷裹住身体，就像盖着一张毯子。“唉，飞太远了，把我的力气都耗光了。”他呻吟道，“谁有柠檬素感冒药？”

看来小星侠今天是不能拯救世界了。

霸主的嘴角刚刚现出一丝微笑，教室里突然响起一阵恐怖的嘎吱嘎吱声，那是金属拉扯变形时发出的声响。母舰的甲板随即开始倾斜，形势岌岌可危。

指挥官座椅的四条腿都装了轮子，座椅开始在地面上滑动，而且速度陡然加快，一下子撞上了那堆警卫。那帮家伙本来就东倒西歪，现在一撞之下，更加像保龄球瓶似的摔了一地，其中一个警卫还把囚禁幽灵的盒子掉地上了。外星人观众一下子从椅子上摔下来，同时发出尖叫声。霸主和克里斯托弗·塔尔博特摔倒在地，两人缠成了一团，就像两根打了死结的鞋带。我们四人也大叫一声，身不由己地向教室另一头滑过去。

“发生什么事了？”拉拉抓住一张桌子，问道。

“我猜是有人破坏了飞船的稳定器。”我抓住了她身边的另一张桌子。

“这是谁做的好事呢？”瑟奇问。

“管他是谁呢！”现在正是我们逃跑的好机会，“来，帮我把扎克扶起来。”我说。于是瑟奇和我各抓住扎克的一条手臂，一起向门口走去。

拉拉一把抓起幽灵的监狱小舍：“我殿后。”

我们把扎克揪起来的时候，他抬起头，用迷离的目光四处张望。“哎呀，我这回病得不轻，这外星人的母舰看起来怎么和ICT教室一模一样呢？”他呻吟了一下，“我的病情比我想象的更严重。”

这时候我已经习惯了脚上的皮鞋，所以能在倾斜的甲板上保持平衡。我们踉踉跄跄地回到了过道里。

一条修长的身影挡住了我们的去路，难道我们的胜利大逃亡还没开始就已经结束了吗？只见这人用一块丝巾蒙住下半张脸，头发扎成一条干练的马尾辫，背上挎着一张用塑料管和绷紧的细绳做成的弓，腰间绑着一根腰带，腰带里插满了用水暖建材和某种外星鸡毛做成的箭。她还用布裹着运动鞋，所以走动的时候几乎没有一点声响。

我听见身边的拉拉倒吸了一口凉气——她认出这人了。

“卡拉？”我试探着问。上次我看见她的时候，她还是苏-邓纳姆的俘虏。看来她想办法逃脱了，还从一个邻家娇娇女蜕变成一个无畏的勇士。

扎克正被高烧折磨着，可是就算他这么头昏脑涨的，却一眼就认出了自己的梦中情人。我为什么知道？因为他连口水也流出来了。

“小心！”瑟奇说，“我们怎么知道她不是另一个机械卡拉？”

卡拉一把扯下丝巾，目光停留在扎克身上。“小星侠！”她吸了一口气，“我知道你一定会来的！”她向扎克走近一步，“虽然我可以亲你一下，”她停住了，“可是我当然不会这么做，因为我已经有男朋友了。”

“这才是真正的卡拉。”拉拉很开心地低声说。

扎克失望地叹了一口气。

我指着倾斜的甲板：“这是你的杰作？”

卡拉只是轻轻地点了点头。这时，补偿推进器发出巨大的轰鸣声，飞船开始恢复水平状态。“可是她们很快就会恢复正常，”卡拉说，“到时候这里就会挤满来抓我们的敌人。快跟我来！”她带领我们走过一条条陌生的走廊，穿过一个个教室，很聪明地抄近道，每一步都信心十足。很明显，对卡拉来说，学校一点也不可怕。

我们加快脚步跟在卡拉身后。我转头看着扎克，刚才急急忙忙地从ICT教室逃出来，直到现在我才有机会问他怎么突然上船了。“你看到外星人的节目预告片了？”我问道。他摇了摇头。“那你听到外星霸主的话了？”我又问。

他有点蒙了：“你在说什么呢？我什么也没看到，我耳朵里塞满了橙色的耳垢，所有声音听起来都好像是从海底六万里传过来的。”

这些轮到我蒙了：“那你来这里干吗？”

“靠吃泰诺感冒药呗。可是我必须等四小时才能再服下一片。”

“我不是问你怎么来的，我想知道你为什么会来，你不是不信我说的外星人入侵的故事吗？”

“我本来是不信的，可是今天在我的房间里，”他的脸上渗着汗，看起来面容憔悴，“你临走的时候竟然把我比作海王。”

“那又怎样？”

“你竟然称赞我呀，卢克！”他吞了一下口水，“所以我才知道，世界末日真的要来了。”

几分钟后，我们到达了目的地：艺术部。

“我们在这里很安全。”卡拉一边说一边打开美术用品储藏室的门，“外星人不知道这个地方。”

我们从两排放满了美术用品的架子中间挤过去。我正想着这里怎么比我印象中小了很多，卡拉已经走到尽头的墙边。她把整堵墙一下子移开，露出一个密室。

原来那堵墙是假的，是把几片很大的正方形纸板粘在一起，再画上图案，看起来就像一个放着颜料和画纸的储物架，感觉相当诡异。

“这也是你的杰作吗？”我问道。

“这个学期美术课，查普里奥老师教我们画错视画，”卡拉一边解释一边用批评的眼光审视自己的作品，“可是我对那几个装果酱的玻璃罐子不太满意。”

瑟奇同情地点了点头：“玻璃的那种透明的质感特别难表达出来。”

卡拉的艺术天赋固然高，可我更好奇她是怎样从一个十几岁的普通少女转变成绿箭侠式的女英雄。“上次我见你的时候，你还是一个俘虏。”我说，“后来发生什么了？”

她把后背的弓解开，绕过肩膀卸下来，像拄拐杖似的立在地上。“你走后我很快意识到小星侠不可能飞来救我了，我就下定决心，自己救自己。其实挺难的，我要从禁闭教室逃走，找个安全的地方躲起来，设计和建造一堵假墙，还要用日常用品制造武器。”她抚摸着腰间的一支箭，“不过最困难的是偷鸡。”

听到这儿，我生平第一次理解我哥到底为什么喜欢她了。我突然有一种强烈冲动，想把我珍藏多年的漫画书统统拿出来给她欣赏个够！

卡拉拍拍我后背：“小家伙，你倒是说话算话，真的回来找我了，还带上了小星侠。”

“嘿！还有我呢！”拉拉大声说道，还举起一只手，就像上课提问似的，“暗翅高飞，解困扶危！”

“哦，对啊。”卡拉说，“不好意思，暗翅女侠，刚才没看见你。”

拉拉气鼓鼓地黑着脸。

“我也想谢谢你飞扑过来救了我们。”瑟奇说，“大恩大德，铭记于心。”

“飞扑我也会。”拉拉低声说。

“我们时间不多了，”我说，“下一步计划是什么？”

“呃，她们的舰桥我去过好几次，主要是破坏她们的飞行控制系统。我还去了厨房，往她们的蛋糕里放盐，把苏-邓纳姆气坏了。不过以前那些都是小打小闹，现在就不一样了！”卡拉咧嘴一笑，“小星侠，现在既然你来了，我们就能够把整艘母舰都毁了！”

扎克还在发烧。他挣扎着说：“你真了不起。”他又十分温柔地补充道，“了呀嘛了不起啊！而且你一点也不像机器人。”

“他没事吧？”卡拉问。

“他得了重感冒。”我解释道，“这场大病害他失去了所有超能力。”

“一场感冒能有那么大杀伤力？”

我留意到她脸上流露出失望的神情，连忙补充说：“这是一种极度邪恶的外星感冒。”

“这么说，你来这儿并不是为了阻止外星人入侵咯？”她对着扎克说。

“入侵？入——啊！对啊！当然了！”他一拳砸在另一只手

的掌心里，“哼，那些火星人死到临头还不知道呢！火星人，火星人，火星人，火星人。你有没有留意到，你要是反反复复地说同一个单词，多说几遍，这个单词的意思好像就突然消失了。比如：意思，意思，意思，意思。”突然，他两眼睁得溜圆，哑着嗓子吼道：“天劫要来啦。”

“天劫已经来过了。”我叹息道。

“哦！”他筋疲力尽地吐了一口气，一屁股坐在地上。

我能看得出卡拉脸上露出气馁的神色。她终于认清现实了：小星侠人虽然来了，却是形同虚设。我再看看其他队友，只见每个人都神情沮丧。到了这份儿上，我们既没有时间，也没有对策了。

拉拉开始翻那些储物架。“来，每人拿一支。”她说着，递过一个装铅笔的罐子，把盖子打开，“辉柏嘉9000石墨黑2B铅笔，是画素描、做笔记以及集体研讨拯救世界计划的最佳选择。”我们每人拿了一支铅笔，然后拉拉把一块活动翻图板拖到房间中心，翻开新的一页，说道：“来吧，我们从头开始构思吧。谁有什么想法？”

这时候，房间里突然响起一阵嗡嗡的声音，原来是瑟奇开了电动削笔刀。“呃，不好意思，工具太钝会让我脑筋也变迟钝的。”他说。

我们能否赶在外星人发动总攻之前想出一条妙计呢？我们的

未来、人类的未来好像完全没有希望了。在我们脚下几百英里的地方，我的妈妈、爸爸和爷爷奶奶还在参加詹妮表姐的婚礼。他们还不知道世界末日已在眼前，等伴郎致辞完毕，这个世界也就完蛋了。

一想到我的亲人，我就下意识地摆弄着爸爸送给我的袖扣，手指顺着刻在袖扣表面的单词笔画划过。如果我用力摩擦它，也许会有个精灵突然冒出来，许我三个愿望。

电动削笔刀的马达突然停了。“哎呀，糟糕！”瑟奇说，“看来我的2B铅笔完蛋了。这电池没电啦。”

我像鼹鼠似的叫了一声。

“怎么了？”卡拉问。

“我已经想到第一个愿望了！”我回答道。我从瑟奇手上拿过电动削笔刀，举起来端详。在天花板日光灯刺眼灯光的照射下，削笔刀的表面闪闪发亮。“我有一个计划。”我说。

“我就知道你一定能想出对策！”拉拉顿时笑逐颜开，“你总是那么足智多谋。”

“对啊，你就像一个不停打嗝儿的人，”瑟奇一个劲儿地点头，“不过你打出来的那些嗝儿就是一条条妙计。来吧，让我们看看你这次打出来的嗝儿是怎样的。”

大家都用充满期盼的目光看着我。自从上次篮球课以来，这是我第一次感觉到这么大的压力。不到两周前，在学校体育馆里，那个真的邓纳姆老师挡在我面前，我必须带球把她过了。她的拦截高效而且狠辣，我连续三次摔趴在地上，第四次的结果是：那个篮球猛地弹开，一下子砸中了埃德·斯坦斯菲尔德的鼻梁——都怪他自己精神溜号。此刻在外星人的母舰上，我又体会到这种夹杂着恐惧的期待感，顿时觉得兴奋百倍。

“呃，这个，其实并不是全新的计划。”我说。

“那就是经过了测试和考验的，”瑟奇喜形于色，“更好了！”

“其实，这个或多或少就是我们原来的计划罢了。”

幽灵把小脑袋从拉拉的口袋里伸出来尖叫了几声。“它说，难道你忘了外星人的电脑系统是不怕鼹鼠的吗？”拉拉翻译道。

“我说‘或多或少’，意思是少一些鼹鼠，多一点……”我犹豫了，他们肯定不会赞成的。我深深吸了一口气。

“多一点……克里斯托弗·塔尔博特。”

·29·
力挽狂澜

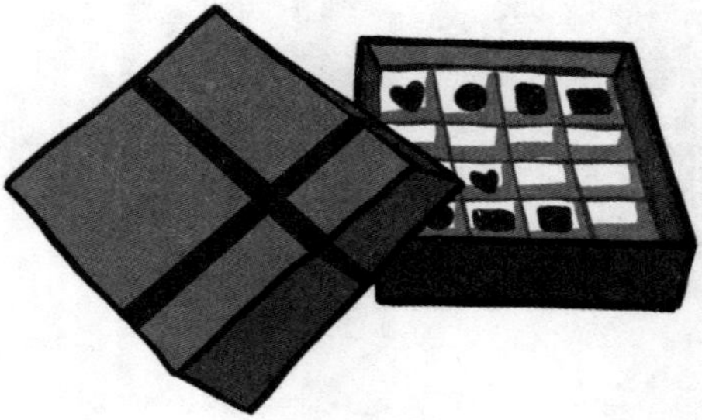

我刚说出这个并不算新的新计划，大家一下子就炸锅了。我也不解释，任由他们高声说出反对意见。他们真的很不想让克里斯托弗·塔尔博特重新加入，可是谁能怪他们呢？甚至连我自己也不能原谅他的背叛。他在超级英雄和超级坏蛋之间摇摆不定，经过那么多挣扎，他终于露出了真面目：他的心像企鹅人①那么黑，他的衣服像小丑那么紫，他的样子就像毁灭博士②那么绿。虽然连他自己也相信他是坏人，可是我在心底还是有那么一点点怀疑，我不愿意相信他已经完全投靠了黑暗面。

我喊了一声“肃静”，大家马上安静下来。我说：“我也希

① 企鹅人：DC漫画作品中的反派人物，蝙蝠侠的死敌。
② 毁灭博士：漫威漫画作品中的超级反派，精通高科技与魔法。

望能有一头超自然外星大章鱼随时供我们使唤，很不幸，我们没有。”

“没错。”瑟奇满怀同情地说。

“你们喜欢也好，不喜欢也好，这位曾经的敌人——”

“也是现在的敌人！”拉拉打断我的话。

我忽略了她。“——他是唯一拥有足够超能力去击败苏-邓纳姆军团的人。”我在翻图板上画了一个圆圈，又迅速在圈中画了几大洲，“克里斯托弗·塔尔博特是地球最后的希望了。”

我接下来向他们详细解释了为什么我们需要他。一个接一个，他们都很不情愿地承认，虽然他远不是理想的选择，却是我们唯一的选择。

既然达成了共识，有了共同的目标，我们马上开始做准备。每个人都有各自的任务和角色——扎克除外，他唯一的贡献就是用辛勤的“汗水”浇灌着地板。我们这帮小孩子，无法去找军队求救，只能独自挑起这个超出我们能力范围的重担。当我环顾四周，我看见的并非一帮不自量力的乌合之众，而是一个沉着冷静的超级英雄团队，正在为最后一搏做准备。

这，才是我眼中的围巾特攻队。嗯，不对，我用手捂着一只眼睛再看。

这，才是我眼中的围巾特攻队。

“呃，卢克，”拉拉问道，“你没事吧？”

我连忙把临时眼罩拿开。“没……没事。加油加油！”

“没事就好。幽灵自告奋勇要去查探克里斯托弗·塔尔博特的位置。”鼹鼠吱了一声表示同意。“它说它能嗅到方圆一百米内的一条六厘米长的虫子，要找像克里斯托弗·塔尔博特这么巨大的虫子，简直是‘易如反爪’。我猜它没有手掌，只有爪子，所以才这样说。”拉拉说。

我们决定兵分两路：瑟奇和我跟着幽灵出动，其他人为撤退做准备。就在我们即将分头行动的时候，拉拉把我叫到一旁。

“卢克，你为什么觉得自己能劝说他回心转意呢？”

我知道答案，可是我不愿意告诉她。因为她听了肯定会吓坏的，以后看我的目光也会不一样了。

为什么克里斯托弗·塔尔博特会听我的劝?

因为我们俩的大脑是一样的。

我不是说我和他共享一个装在透明水箱里、扎满了电极的巨大大脑，而是说在我们大脑深处，对世界的认知是很相似的。这一点，我很早就知道了。无论是在那间半独立屋子里和他第一次见面的时候，还是在火山漫画书店与邪恶的“暗能量”纠缠的时候，我都有这样一个直觉：我和他其实是同一类人。可是直到我玩《渺小地球人！》的时候，当我兴高采烈地盘算要怎么击败小星侠和暗翅女侠的时候，我和他之间的那根纽带才清晰地展现在我眼前。当时我心中既害怕又高兴，强烈的情感让我头晕目眩，现在回想起来那种感觉，还不禁让我全身发抖。在那一刻，我愤怒，我邪恶，我势不可当！我和克里斯托弗·塔尔博特之间只剩下一个游戏机手柄的差距了。

幸好最终我可以不用回答拉拉的问题，因为幽灵在旁边吱吱叫了几声，催促我们赶快开始捕猎行动，然后就迫不及待地冲出去了。瑟奇和我连忙对大伙儿说了声“好运”，就紧跟着幽灵跑出去，离开了相对安全的美术用品储藏室。

“你妈本来就担心我把你带入歧途。”我们紧紧追赶着快要消失的鼹鼠时我说，“要是她知道我把你带到这地方，她会怎么说呢？”

“我要坦白一件事。”瑟奇说，“当妈妈禁止我和你玩的时候，其实我心里隐约有一种如释重负的感觉，因为我不想在学校惹更多麻烦，”他向我解释的时候，语气中充满了感情，“我不想再做别人眼中的怪物了。本来我就很难融入同学圈子，因为我太……”

“法国化？”我试探着问。

“我想说的是我年龄太小了。你和我都是夏天出生的，在同班同学里面是最小的那一批，生活艰难啊。我们就像大海里的两条小鱼，而那些躁动的同学就像是大白鲨。你有没有留意到班上有些同学的体形？我怀疑那个提摩斯·本森已经开始刮胡子了。所以我想着，开学之后，为了生存，我必须找到新的盟友。”

恐惧就像一只冰冷的爪子，一下子揪住了我的心：“你打算扔下我不管？”

“不！我其实……怎么说呢，可能有那么一个瞬间……”他叹了一口气，“我当时太抓狂……可是我现在已经看清楚了，你能原谅我吗？”

“当然啦！”我不假思索地答道。瑟奇和我不是最好的朋友……我实在无法想象那个宇宙会是什么样的。可是现在我们不能浪费时间担忧我们友谊的小船会不会翻了，有一个更大的担忧压在我们心头。精确点说，这个担忧比我们的友谊长了一万二千七百四十二公里，也就是地球的直径。

卡拉告诉我们，学校有隐秘的后巷。我们此刻正走在这些秘巷里，躲开巡逻队，避开摄像头。苏-邓纳姆军团忙着准备总攻，没有留意到我们几个在船上走动。

幽灵一直往前跑，突然停在一扇门前，扬起鼻子嗅了几下，然后发出兴奋的吱吱声。我最近老听鼹鼠叫，已经听明白了，它说已经找到那条人类大虫子了。

“他在教师休息室。”我一边说一边把手伸向门把手。

“这里是禁地！”瑟奇低声说，“无论在什么情况下，学生都禁止进入教师休息室，这是一条绝不能违反的铁律。”

“就像《星际迷航》里面的最高指导原则[1]？”我说。

“没错。”瑟奇说。

“柯克船长整天都违反这条原则。”我提醒瑟奇一句，然后轻轻打开门，溜了进去。

这里面像宫殿似的，金碧辉煌，我看得差点儿都忘了呼吸。只见地面有一层碎钻涂料，屋顶垂下一盏巨大的水晶吊灯，给本来就闪闪发亮的地面增添了额外的光彩。房间里有一个喷泉，轻柔地溅着水花；喷泉四周围着一圈圆滚滚的、用某种濒临灭绝的珍稀动物的皮做的沙发。我用手遮挡在面前，以免被这一片富丽堂皇的景象晃瞎了我的一双好眼睛。空气中飘荡着令人陶醉的香气，我深深吸了一口，那是带有异域风情的龙涎香和樟脑的气味（我为什么知道这两个词？因为我在约翰·刘易斯百货商场的进口商品区见过一张咖啡桌，桌面上立着两根蜡烛，一根的标签上写着“龙涎香”，另一根的则写着“樟脑”）。

“原来传言是真的。”瑟奇深深吸了一口气。

同学当中一直有传言，说教师休息室极尽奢华，无与伦比，现在我们终于亲眼见证了这个传言。

我把手拿开，眯着眼睛看，克里斯托弗·塔尔博特就在我面前。只见他身穿一件柔软的白色睡衣，头上缠着毛巾，就像戴着

---

① 最高指导原则：即禁止星际舰队属下星舰干涉其他文明的发展。

印度人的头巾。他全身舒展地半躺在一张豪华的扶手皮座椅上，面前有一盒吃了一半的巧克力。他一只手拿着一部平装本小说，另一只手拿着一颗软心巧克力糖正往嘴里送。见到我们，他吓得张大了嘴巴，半天合不上。

只听见嗡的一声，座椅靠背向上升起，他整个人坐直了。“别过来！我警告你们！”他说着，把一根沾满巧克力的手指伸向嵌在座椅扶手上的控制面板，“我只需要按一下这个键，一队警卫就会——哦，不对，等等，不是那个键，那是按摩用的。这个才是报警按钮！”

“你按吧。”我说。他想不到我会这样说，所以显得很惊奇。“可是如果你按了那个键，你就永远也不会知道我打算给你什么好东西了。”我接着说。

他嗤之以鼻：“哼，你还能给我什么东西？你看看四周，我想要的东西都有了！悬浮式大电视，迷你冰箱，能升降的座椅，还有新款的苹果手机。我已经登上世界的巅峰了。”

“可是这个世界本身呢？难道你不关心我们所有人的命运吗？你的外甥呢？你的姐姐呢？”

“我和他们本来就不熟。”

“你的爸爸和妈妈呢？”

他摇了摇头：“他们去世很多年了。”

“哦，不好意思。”我这句话是真心的，“可你现在这样子，是他们期望的吗？”

“我知道你在耍什么花招，卢克。想唤醒我的良知是吧？问题是我根本就没有良知，再也没有了！我像你这个年纪的时候，当然是整天想着拯救世界，可是这个世界辜负了我，现在轮到我报复了！”他叹了一口气，目光看着远方，“我小时候也想成为一个特别的人，一个伟大的人。可是当我抬头四顾，只有空荡荡的漫画书店，和一包冰岛马萨拉咖喱鸡配米饭薯条冷冻即食快餐，我才意识到我的梦想永远也不可能实现。可是现在我在这里算什么？算是最后的机会吗？我也知道，把我的一切梦想和抱负都拿来和一个企图统治地球的外星种族做交易，这种做法风险太大，当然不会是我的第一选择。可这已经是我唯一的选择了。”他的手指在控制器上方晃动，“嗯，哪个按钮才是叫警卫的呢？”

“如果外星人并不是你的最后机会呢？”我说。

“难道我会有两个最后机会？”他语带嘲讽，“没有人能够得到两次最后机会。”

“他说的没错。”瑟奇说，“准确来说，新的最后机会会把现有的最后机会变成倒数第二个机会。这样一来，新的最后机会就会变成真正的最后机会了。”

“你就省省吧。”克里斯托弗·塔尔博特坚决地说，“无论你说什么也无法改变我的决定。”

我这是在赌博，而且赌注不是几颗小熊橡皮糖——全人类的命运就取决于接下来我要说的一句话了。我深深地吸了一口气。

“我有一个时间机器。”

他的手指从按钮那里缩了回去：“不可能，太荒谬了！你在胡说些什么呀？”

“我可以带你回去。回到你还有梦想的时候，让你有机会实现你的超级英雄梦。我的时间机器——就在这里。”我伸出手，让他看见我紧握的拳头，“把你的手递给我。”说完我朝他迈了一步。

他有点犹豫，不过好奇心还是占了上风，于是他慢慢地伸出手。我把拳头递过去，张开五指。叮当一声，两个袖扣跌进他的掌心。

我当然没有真正的时间机器。可是如果我对克里斯托弗·塔尔博特判断正确的话，这两个袖扣将会产生同样的效果。既然将来的我可能成为今天的他，那么我就有信心能唤醒过去的他。因为那时候的他与今天的我很像。

水晶灯的灯光洒在袖扣亮晶晶的表面，仿佛水滴在滚动。他读着袖扣上面刻的字：“风驰电掣，”他的声音颤抖了，“力挽狂澜。”他抬头看着我，脸上除了困惑，还带着一丝希望。表面上他是一个困倦的中年人，可是在他眼里我看到了火花——那是一个十一岁男孩的梦想。

我扶着他的手，慢慢把他的手指合上，让他握住了两枚袖扣。

“最后的机会。”

·30·
好戏上演

“第一波攻击将在地球时间十分钟后开始。”学校广播系统中传出霸主轰隆隆的声音，“记住，战斗机群要摆出气势恢宏的空中阵列，地面部队要大肆破坏，让那些地球小人儿不停地尖叫。来吧，战士们，好戏上演了！”

母舰仿佛变成了一个忙碌的大蜂巢……也可能是一个忙碌的大蚁穴，或者是一个海底大山洞。我还没见过苏–邓纳姆军团的恐怖真面目，所以不知道她们到底像昆虫、像鸟还是像八爪鱼。不管外星人长什么样子，反正现在她们忙死了。我们没怎么费力就避开了她们，暗中观察她们的战前准备工作。外星人侵略地球，这种事我在电影和漫画书里经常看见。可是只有当我亲身登上外星人母舰，近距离观察她们，直到开战前的最后一刻，我才知道原来战前准备的工作量是多么巨大！她们要调度大量的战斗机、悬浮坦克和地面部队，每个细节都必须顾及，需要有极大的耐心。我还看到一条长长的人龙，绕着飞行甲板排了足足三圈——都是排队等着上厕所的士兵。

我留意到外星人决定保留目前的样子——就连她们也想不出比邓纳姆老师更恐怖的形象了。只见成百上千个身穿战斗盔甲和飞行服的体育老师正在大会堂里集合，等待最后的命令。当她们杀到布罗姆利镇的时候，肯定会把真的邓纳姆老师吓个半死。

“你的选择是对的。”我们在一个岗哨旁边偷偷走过的时候，我低声对克里斯托弗·塔尔博特说，“那些外星人肯定会过河拆桥，她们绝不会兑现给你的承诺，因为她们关心的只是收视率。而且她们还打算把我们所有人都变成只懂看电视的、没有脑子的僵尸。”

“我也知道。”我们放慢脚步拐过一个转角，他说，“除了把巴伐利亚地区给我，她们还说要替我制作一套衍生剧呢。”这时候，他的睡衣袖子被一块公告板上面的一颗钉子钩住了。刚才时间紧迫，他连换回正常衣服的时间也不够，却非要用电吹风把头发吹干不可。“我猜你已经想出一条妙计了吧？”他一边弄开袖子一边说。

“是的。”

“你上次的计划是来我的火山漫画书店老巢和我单挑，这次的妙计也差不多吗？”

这两个计划相差那么大，怎么能相提并论呢？“这一次我们不需要依赖自动晾碟架和零食售卖机的系统软件漏洞。[①]”我答道。

他想了一下，说：“我就假设你说的是好事吧。”

我们来到了体育馆门外。队友们按照原定计划，已经在这里等着我们了。不管我怎么努力尝试，我始终对克里斯托弗·塔尔博特心存怀疑。要是我们运气够好的话，扎克会有所好转，能够重新担当人类救星的主角。

可是我哥正靠在墙边，额头上敷着冰袋，嘴里发出一声声呻吟。卡拉肯定看出了我的失望，所以说：“我看他确实已经好一点了。”

我转头看着扎克。“真的吗？”要是他真的好转，也许他的超能力也会恢复了吧？我必须确认一下。“我正在想着一个数字，你能不能用传心术感应一下，然后告诉我这个数字是什么呢？”

扎克眯起双眼，显示出全神贯注的样子，然后突然睁大眼睛：“犰狳！”

唉，算了，幸好我们还有克里斯托弗·塔尔博特。这时，围

---

① 相关内容详见本系列图书第一册《我的哥哥是超级英雄》。

巾特攻队的其他成员把他团团围住，脸上尽是怀疑的表情。

“你们看什么？”克里斯托弗·塔尔博特说着，后退了一步接着说道：“我们是自己人呀。”他的声音越来越小，直到变得含混不清，“我又回来了……”

拉拉双臂环抱，沉着脸说：“对啊，你现在又回来了，然后等你找到更好的去处再跳槽是吧？”

他看起来被这句话刺痛了。不过这家伙确实是反复无常，现在被人说中了，还露出很受伤的样子，这不可笑吗？

“传送设备都准备好了吗？”我问卡拉。

“准备好了。”她答道，脸上露出一丝微笑，往侧面让开一步。透过敞开的大门，我看到体育馆里面有三个苏–邓纳姆，被跳绳绑住，躺在跳马旁边。“我们的撤退路线已经畅通无阻。”她说。

目前，这条撤退路线还派不上用场。我手指交叉默默祈祷，希望到撤退的时候，我们的地球还在。

母舰上的广播系统再次发出声响。“地球时间五分钟后开始进攻。”霸主宣布。

“这就是我们的提示。”我把手机的定时器设置成五分钟，“往这儿走！”于是我们离开体育馆，向关键目的地进发。一路顺利，我们转过最后一个拐角，猛然停住了。目的地就在前方，可是有一个熟悉的身影拦在我们面前。

“那是——”拉拉说。

“机械卡拉！”我吸了一口气。

扎克本来就一脸糊涂，现在看起来更加疑惑了。他的目光在机械卡拉和真人卡拉之间移来移去，一瞬间恍然大悟。突如其来的残酷真相对扎克造成了沉重打击，就像有人狠狠地在他嘴唇上亲了一口。他用颤抖的声音低声说：“我那天亲的原来是一个邪恶的机器人。”

机械卡拉把一缕秀发从脸上拨开，笑道：“谁都会犯错嘛。”

真人卡拉向前跨出一步，把弓从背后摘下来，又把箭搭好：“这东西交给我了。”

“卡拉，你好。”机械卡拉说，“我扮成你好好享受了几天，估计地球人会用‘我穿了你的鞋子’来描述这种事。不过我确实也穿了你的鞋子。我特别喜欢那些高跟松糕鞋，就是你以为你妈不知道的那几双。哦，我还要坦白一件小罪过：我撕破了你那件牛仔裙。”

真人卡拉扯紧了弓弦：“是H&M那件还是河岛那件？嗐，随便吧。你还和谁这么做了？”

“哦，你是说你那个粗壮的男朋友？”机械卡拉做了个鬼脸，“我才不喜欢这种类型的呢。”

真人卡拉倒吸一口气，仿佛被这句话激怒了：“你什么意思？他又英俊又温柔又聪明又高大，哪儿不好了？”

“有些人长得太高大了。”扎克说，“你不觉得有些人长得太高大了吗？”

这时候，机械卡拉的手一晃，手上已经多了一个银色的遥控器。这个遥控器外形典雅优美，比其他外星人用的那种笨重的型号好看多了。两个卡拉拉开架势，开始绕着圈踱起步来。

“你应该知道，你们再也不可能离开这艘飞船了。”机械卡拉说，“可是你别难过，也不要担心，更不用跟你那个宝贝男朋友说再见，因为我已经替你把事办了。”

“你说什么？”

机械卡拉笑着说：“我已经把他踹了。”

真人卡拉痛苦地大吼一声，飞身扑向机械卡拉。

“快走！”我连忙催促其他人。为了击败苏-邓纳姆，我们必须马上走！而且真人卡拉一定能照顾好自己，我们没有必要留在这里。

“可这是一场经典对决呀！”克里斯托弗·塔尔博特抱怨说，“上次我已经错过了巨型机器人那一仗。”

“大家快跑！”我打了个手势，我们一行人从两个卡拉身边冲了过去，身后响起兵器碰撞的响声。“围巾特攻队的各位队友，机不可失，时不再来呀！”我大叫道。

·31·
劲量电侠

“地球时间两分钟后发射。”霸主通过公共广播系统宣布，“请各就各位。”

“我们来这里干吗？”克里斯托弗·塔尔博特看着学校前厅大堂里面的一排排玻璃展柜问道。他打了一个冷战，连忙把衣服裹紧。我上次来的时候并没有留意到这里原来那么冷。“你的计策是要关掉外星人的对外广播系统，是吧？哼，天才儿童，所有那些重要的按钮都在我们头上三层的ICT教室里面哪！”

“这里是外星人的战利品陈列室。”我一边说一边带他走到最近的一个柜子前。

他仔细端详柜子里的东西，然后环顾四周，问道：“难道这些都是……”

我点头说：“这里有成百上千个遥控器，每一个遥控器都来自一个被她们征服的种族。”我们终于谈到了我这条计策的核心部分，“把它们都连在一起就可以发出一道威力强大的红外冲击波，足以关闭外星人的电视信号，终止她们的广播。”

克里斯托弗·塔尔博特若有所思地皱起眉头，然后唇边露出一丝微笑。“嗯。”他说，“这个方案也许真的可行。”

“只是有一个难题。”我掀开玻璃盖，把展柜里面的遥控器拿出来，然后打开背面的盖子，把空的电池盒展示在他面前，“没电池了。”

一种恍然大悟的神情在他脸上逐渐蔓延，如同朝阳的光辉照亮了每一寸大地，我知道我不用再多费唇舌了。正如超人背负着使命来到地球，又像蝙蝠侠把作祟的心魔化作守护哥谭市的动力，克里斯托弗·塔尔博特终于知道自己的人生目标了。他站直了身躯，挺起胸膛说：“看来，这份工作……非劲量电侠莫属了！”

“他不是叫‘暗能量’吗？”瑟奇低声说。

上一次我看到克里斯托弗·塔尔博特摆出这副架势，他正在布罗姆利镇高第街准备与外星人特种兵单挑。那一次他靠着三寸不烂之舌化险为夷，可是这一次，他一言不发地走到大厅正中心，突然伸手凌空一抓，仿佛要把整个天空揪下来——克里斯托弗·塔尔博特开始召唤他的超能力了。

他的十根手指开始发出噼噼啪啪的电流声。他举起一只右手，只见一道闪电射向离他最近的一个玻璃展柜，击中了里面的那个遥控器。遥控器马上飞起来撞碎了玻璃展柜，悬浮在半空中不断地打转，开关按键发着亮光，就像一只彻底睁开了的眼睛。

突然，克里斯托弗·塔尔博特大吼一声，连远处的屋顶仿佛也被震动了。他把体内的相当于三十六个二十世纪九十年代初生产的高尔夫球车电池的电量尽数释放，闪电从一个展柜跳到另一个展柜，瞬间传遍了整个大厅。一个接一个地，那些遥控器仿佛都活了过来——电视机遥控器真的能活过来吗？我环顾四周，仿佛看见一支被击败过的军队从沉睡中苏醒。他们知道，这是向侵略者报仇雪恨的好机会，为了这个共同的目标，他们一起站起来了。所有遥控器都冲破了玻璃牢笼，在空中疯狂地飞舞着、转动着。一个遥控器贴着我头皮飞过，吓得我连忙低头闪避。

那些遥控器在空中飞舞，形成了一个旋涡。克里斯托弗·塔尔博特挺立在旋涡中央，双手挥动，就像指挥交响乐团一样，指引遥控器运行。这时我终于看出来了，那些小遥控器正在排列组合，逐渐形成一个巨大的遥控器。

“卢克！”他大声说，“你和你的朋友必须离开这里！”

“好的。”我说，“等你关闭对外广播系统我们再一起走。”

他把最后几个遥控器也纳入队形中。“不，我必须留下来，”他说，“好确保我们的计划成功实施。”

可这并不是我的计划呀！“围巾特攻队绝不会扔下队友不管的。”我说。

他笑了。“我还没有正式加入你的超级英雄团队呢，记得吗？”他看了其他人一眼，“要是投票的话，我还未必能加入呢。”

我正想说我一定会投他一票，他却抢先说道：“那个漫画书店，我就送给你了。”我不明白他是什么意思。

“书店的契约证书藏在我的沙发垫下面，就夹在《神秘X战警》第136期里面。”

他这是向我表示友好，而我却感到一种莫名的愤怒，好像又被他欺骗了一次。他还没进入遥控器大厅之前就已经知道自己再也不可能离开这里，却一直瞒着我。

“是我把你拖进这潭浑水的，”我说，“我一定会把你拉出来！我一定能想到办法，你知道我总能想出好主意！”

他摇了摇头：“这次恐怕连你也没办法了。”

“地球时间一分钟。”霸主宣布。

我心中的怒火重新燃起，可是我至少知道了什么是我愤怒的源头：挫败感。我才刚刚开始了解这位克里斯托弗·塔尔博特，我还想了解更多呢，却再也没有机会了，因为我想不到办法把他救出来。

他看着我，目光却像望着远方，嘴里说道：“我曾经在地球大气层边缘近距离接触一颗熊熊燃烧的小行星，我曾经被传送器送到外太空，我还用超能力阻止了外星人侵略地球。一个小镇青年能取得这样的成就，也算不错了。”这时候，遥控器阵列已经成形，他把所有遥控器都摆放在准备发射的位置，千百点闪烁的灯光表明它们都已经准备就绪。克里斯托弗·塔尔博特微微一笑。“再见了，卢克。”然后他的表情突然变得严峻起来，“快跑！”

说完，他张开五指，把体内剩余的每库仑电量都发射出来。

上千个遥控器同时发射。

本来，人的肉眼是看不到红外线的，可是这些遥控器来自各个遥远的星系，也许地球上的物理定律在那些古怪的地方并不适用，这就是为什么我能够看见一道巨大的能量束从遥控器阵列中激射出来，一下子就穿透了天花板。这下爆炸震得整个大厅都在晃动，我一下子摔倒在地，连气也喘不过来了。扎克、瑟奇和拉拉扶我站起来。在震耳欲聋的巨响中，拉拉声嘶力竭地吼道：

“我们快撤！”

克里斯托弗·塔尔博特还在用自身的超能力维持着这道巨大的能量束，天花板上的灯忽然开始乱闪。在大厅门口，我停住脚步，回头去看他最后一眼。我的眼睛有点模糊了，也许是因为他的身躯被闪烁的亮光覆盖了吧。我敢发誓，我看到的不是一个男人，而是一个男孩——一个指尖流淌着超能力的男孩。

这是我最后一次看到他。瞬间之后，拉拉就把我拖出了大厅。

我们沿着走廊跑回了体育馆，卡拉已经在等着我们了。

“机械卡拉后来怎么了？”我们围着传送器各就各位的时候，拉拉问道。

“我后来发现她人挺好的。”卡拉说，“我们谈了一下中考的选择，聊得还不错。我说我要学好西班牙语，她说她立志统治全世界。”

拉拉意识到她姐姐在逗她玩，于是噘起嘴说：“哼，装幽默。”

卡拉淡淡一笑，说道：“这么说吧，她再也不能借我的衣服穿了。”说完，她瞥了众人一眼，“克里斯托弗·塔尔博特在哪儿？”

我摇了摇头，想说他不会来了，可是话堵在喉咙里怎么也说不出口。突如其来的眼泪刺痛了我的双眼，我连忙扭头，不让他们看见我流泪。

这时，广播系统中又传出霸主轰隆隆的声音：“各单位注意，听我的命令开始进攻。现在开始直播倒数：十，九——怎么搞的？！”

突然，母舰深处传来一下巨大的呻吟声，然后整艘飞船开始摇摆，就像一个小孩在游乐场里被人推了一下，摇摇欲坠。

“怎么回事？马上报告！”霸主一下子蒙了，连麦克风也忘记关掉，我听见ICT教室里面哨声大作，一片混乱。“你什么意思？有人想关闭系统？”霸主厉声喝道，“本节目绝不能中断！你们继续传输信号，否则——啊！！”

母舰又剧烈震动起来，这一次，所有灯光同时熄灭。一秒钟后，应急照明系统启动，体育馆内笼罩在一片地狱似的红光里。突然，我听见一阵凄厉的警报声，紧接着警报声在附近接二连三地响起来。我还听见远处的警报声也此起彼伏，仿佛这艘飞船自己也疯掉了。

“我觉得每一个系统都在关闭呢。”瑟奇说。

他说的没错，人工重力在此时突然消失，我们双脚离地，浮在了空中。一两秒后，重力突然恢复，我们又跌落在地上。要是系统故障按照这种速度在飞船内部继续扩散下去，很快所有系统都会停止运行，包括传送器！

我连忙检查控制面板，只见供电系统已经不能稳定运行了，而触摸屏还有反应。传送器虽然奄奄一息，可我们的退路还没有彻底断掉。我按下一个按键，传送光束马上被激活了。“好了，我们撤！”于是大伙儿一个接一个跳进光束里，我坚持最后一个离开。轮到我的时候，霸主的声音再次响起。

“这个节目必须播下去！不可能……这就结束啦？”她发出

一下声嘶力竭的哀号，声音里充满了痛苦，“小星侠！”她咆哮道，“都是你在搞鬼！”

哼，功劳还是归他所有，我已经见怪不怪了。我正想着，传送器一下子就把我送走了。

·32·
倒数定格！

我们瞬间回到了男更衣室，发现俱乐部里面静悄悄的，一个人也没有。婚礼宾客都在室外，聚集在高尔夫球场的果岭区。我看到高尔夫球场外也是一片灯火通明，有一个电视台的摄制组正在现场直播。路上站满了人，大家都一动不动地仰望夜空。我们刚才离开的时候，天色刚开始变暗，现在已经完全黑了——黄金时段已经来临。

在我们正上方的高空里，一片薄薄的云层背后闪烁着各种颜色的亮光。然后，一艘闪闪发光、外形恐怖的外星母舰分开云层，在黑暗中从天而降。我能感觉到空气的波动，那是母舰进入大气层时产生的冲击波。这艘飞船内部的各个系统正在停止运作，它的伪装设备也开始失灵了。这一刻它还是我们学校的样子，下一个瞬间它就露出了真面目。这是一艘无比庞大的太空战舰，和它相比，《星球大战》里面的帝国歼星舰简直就像是一艘小划艇。

这时候，空中出现了另外几点亮光，那是英国皇家空军的两架台风战斗机紧急升空，前往拦截。可是那艘巨大的太空战舰就像面对着两只小飞虫，直接忽略，依然势不可当地压下来。那串有一百英尺高的火焰数字被母舰穿过后，还在继续倒数。

难道克里斯托弗·塔尔博特就这样白白牺牲了吗？

婚礼宾客中传出一阵低语声，原来有人发现小星侠就站在大伙儿中间，都希望他出手。我哥哥站在我身边，早已筋疲力尽，而且还发着高烧。他听见了人们的呼唤，于是抬头看着那艘正在迅速逼近的太空战舰。

“不行，”我说，“你还没恢复呢。”

扎克苦笑道：“卢克，没办法，我只能硬着头皮上了。”

我还没反应过来，他就已经从果岭腾空而起，直插云霄。我看得出来，扎克确实没有完全恢复，因为他的飞行轨迹一直摇摆不定。

这艘久经战阵的母舰少说也有上千万吨重，正朝着他细小的身影压下去，眼看就要撞上了。突然，飞船一下子固定在空中一动不动。在船体闪烁的灯光中，大家看见扎克就拦在飞船下方，硬生生把它扛住了。这时候，倒数还剩下三秒。

扎克的护体力场正在一下一下地搏动，只见他凝聚全身之力，准备用心灵遥感超能力向飞船发出惊天动地的一击。我感到四周的观众一下子都紧张起来。

突然，空中传来一声巨响，仿佛有人长长地叹了一口气，接着那艘飞船猛然坍缩成一个光点。

然后就消失了。

婚礼宾客们一下子安静下来。片刻之后，人群中爆发出热烈的欢呼声。

那串巨大的倒数数字还在熊熊燃烧，可是已经定格在两秒钟。火光照亮了空荡荡的天际，只见小星侠还摇摇晃晃地飘在半空中。

“刚才发生什么事了？”

我脑子里响起扎克的声音，原来他已经决定重新开通我们的兄弟心灵感应热线了。刚才我们目睹的那一幕到底是怎么回事？扎克也许不明白，可是我很清楚。

那是克里斯托弗·塔尔博特把苏-邓纳姆军团的系统彻底关闭了。

★★★

全世界的媒体陷入了狂欢，都在揣度当天布罗姆利镇的上空到底发生了什么事。有人说政府瞒着老百姓，与外星人展开了一场秘密战争，那天就是最后的决战。奇怪的是，有相当数量的人认为这是一次由薯片里面的人工添加剂引发的集体性幻觉事件。甚至还有少数人说这是实验室老鼠游戏设计公司给《渺小地球人！》做的宣传。

不过所有人都同意一件事：小星侠又一次拯救了地球。

我哥独占了所有功劳，我固然很不爽，然而更让我生气的是，除了围巾特攻队的成员之外，世界上没有一个人知道克里斯托弗·塔尔博特所做的贡献和牺牲，没有一个人了解他的英雄事迹。这实在太不公平了。

小假期眨眼就结束了。在十月份的一个潮湿的星期一，学校复课了。在学校餐厅里，所有对话都围绕着一个话题，每张餐桌的食客都在谈论最近那个不明飞行物事件。在满屋子叽叽喳喳的谈话声中，只有一张桌子保持着沉默：瑟奇、拉拉和我就坐在这个安静的角落里。

“他有一个姐姐。”我说，“她应该知道真相。”

“你打算怎么跟她说呢？”拉拉问道。

我又想起了在遥控器大厅与克里斯托弗·塔尔博特诀别的那一刻。我还能怎么说呢？我只能说一句话：“你的弟弟是一个超级英雄。”

还有就是漫画书店的事。他明明有亲人，却把书店送给了我，这好像有点不公平。然后我发现他其实并没有把什么值钱东西留给我：他已经拖欠了三个月的租金，银行快要来没收存货了。所以我觉得他姐姐其实也没有什么损失。

放学后，我发现爸爸正在学校大门口等我。平常他不会来接我放学，可是自从失业以后，他总是想出各种各样的方法来消磨时间。于是我们一起穿过公园，散步回家。

“今天上学怎么样？”他问。

我在学校的境况明显有所改善。现在乔什·坎知道了我是暗翅女侠的朋友，就再也不敢来欺负我了。不过，虽然我能对付外星人，可是在学校里我依然觉得不知所措。而且我胸中有一个怎么也去不掉的郁结，我猜爸爸也看出来了。

“记住，你看一个人的时候，看到的只是这个人的外表。”他说。

“就像斗篷和面具？”

“是的。我想，在某种程度上，每个人看起来都像是一个超级英雄，似乎他们的人生都安排得井井有条。可是在他们的内心深处，嘿嘿，其实充满了忐忑和焦虑。大家担心的事都一样：我现在该怎么办呢？我这样做到底对不对呢？他们会不会笑话我呢？”

“我的超能力是不是有点垃圾呢？”

“确实有点儿！”

我爸爸不是尤达大师①，可他不时也能给我一点好建议，就像现在这样。最近我老在想克里斯托弗·塔尔博特，有些问题怎么也想不出答案，现在正好问问他。“正义和邪恶，”我说，“就有点像跷跷板，对吧？”

“呃……你的意思是……”

“这个，我们小时候，这事情很简单，一个人不是好人就是坏人，对吧？可是当我们长大后，我们会发现，有时候好人会变坏，坏人也会变好，甚至会在最后一刻改邪归正。”

“那就叫救赎。”

“假设我一直以来都干坏事，一旦得到了救赎，我心里就会觉得很舒坦，对吗？”

“我觉得这正是救赎的意义所在。”

我也希望是这样。我希望克里斯托弗·塔尔博特得到救赎后，能够安详地离开这个世界。

接下来我们的话题又转到了不明飞行物那里。爸爸喋喋不休地说着，那股兴奋劲儿就和学校里的小朋友一样。虽然他已经老大不小了，可在他的内心深处，他依然是一个超级动漫粉丝。想到这里，我陷入了沉思。

“爸爸，”我们经过鸭子池塘的时候，我开口说，“你有没

---

① 尤达大师：电影《星球大战》中的绝地武士师，专门培养绝地武士。

有想过开一间漫画书店？”

扎克已经完全康复了，也就是说，万一那些外星人再杀个回马枪，小星侠就会打她们一个落花流水。而且他发誓说下一次绝不会再被什么小姑娘机器人迷惑。我知道他是真心的，因为他每次说谎都会被我看穿。比如说，他知道卡拉和马蒂亚斯不可能复合了，他说觉得很惋惜，又称赞马蒂亚斯是个好人。呵呵，这个谎撒得太硬、太假。

更重要的是，爸爸和妈妈把Xbox游戏机还给我了。我玩《渺小地球人！》几乎玩出一个世界末日，你以为我一定会从中吸取血的教训，并且很成熟很稳重地拒绝接受这个礼物？你又错了，游戏不能不玩，只要我在以后玩游戏的时候加倍小心就是了。反正我也不像以前有那么多时间玩电子游戏，因为我还要参加围巾特攻队的行动。

扎克和拉拉在母舰上亲眼见识了瑟奇和我的本领，于是同意在将来的超级英雄行动中让我们帮忙。至此，围巾特攻队正式成立了。

·33·
这就结束了？

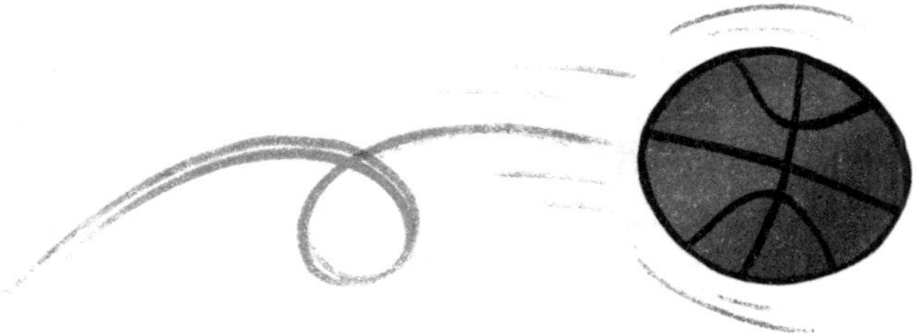

轮到邓纳姆老师出场了。瑟奇和我还有很多圈要跑，有很多级肋木要爬。从正能量的角度看，我会说我希望在下一次世界性危机来临之前锻炼好身体，邓纳姆老师就像我的私人健身教练，帮助我为世界末日做准备。

第一次罚练是在开学第二天放学后。我决定提早到达，一方面是为了显示决心，另一方面也希望能提早完成。

我换了一身运动服，来到体育馆（谢天谢地，霉菌都除掉了），大门咔嗒一声在我身后关上。

“卢克·帕克，嘿，嘿，嘿。”邓纳姆老师站在多功能球场中心，上上下下地打量着我。我忍不住也盯着她看，感觉就像再一次和外星霸主对峙。体育馆里空荡荡的，只有我们两人。她站在原地拍着篮球，眼睛却不用看球，这招挺厉害的。“你那个同案犯在哪儿？”

我告诉她瑟奇过一会儿就到，可是我没有提起他这时候正和我们学校的“走私贩”弗雷德·秋裤·洛布接头购买违禁品。学校最近发起健康饮食运动，禁止学生在校内吃垃圾食品，瑟奇最爱的几款巧克力棒不幸也被列入了黑名单。不过，这世上没有哪个健康饮食运动能够把瑟奇和奇巧五指巧克力威化条拆散。

“那我们开始吧，别等他了。”邓纳姆老师说，“反正我觉得你才是主谋。去储藏室拿几块垫子出来。”她命令道，“我们先热身。”

我于是穿过体育馆，走到储藏室。她就这样拍着篮球，全程目不转睛地盯着我。我推开门，伸手打开灯。

刺眼的荧光顿时洒满房间，照亮了一排排冰球杆、防震垫、记分牌、踏跳板……还有绑在椅子上的一个人！我顿时倒吸了一口凉气。

这人的脚踝和前胸都被跳绳紧紧捆住，嘴里塞了一双运动袜，没办法呼救，只能徒劳地挣扎着。

这人竟然是邓纳姆老师。

我的第一个念头是把她解开，第二个念头是怎么拍篮球的声音没了？邓纳姆老师的眼睛突然睁得溜圆，目光投向我身后，眼神里充满了恐惧。

我猛地转身，发现另一个邓纳姆老师就凑在我面前俯视着我。她当然不是真正的邓纳姆老师。

我的体育老师是外星霸主！

她用蜥蜴眼般的眼睛死死地盯着我，目光中渗出寒意："真人秀完蛋了，我的船员和飞船也完蛋了。不过万幸，我逃出来了。我知道，我这个延续了一千年、从来没有中断过的娱乐节目就这样结束，都是你害的！不是小星侠，不是那个带着毛茸茸小动物的小姑娘，也不是那个讨人厌、会射箭的大姐，更加不是那个反复无常的小人克里斯托弗·塔尔博特。你才是罪魁祸首！"

我想咽口水，却因为喉咙太干燥咽不下去。"请叫我围巾特攻队的首领！"我嘶哑着声音说。

她的下巴开始活动起来，仿佛在嚼一块特别黏的太妃糖。然后我听到一阵阵恐怖的咔吧咔吧声，那是骨关节爆裂和肌腱拉扯的声音。她的运动服开始鼓起来，两只橙色的凝胶状触手撑破腋下的布料伸了出来，像两条眼镜王蛇似的不停地晃动。她的下巴扭动着越撑越大，完全超出了人类极限。最后她的嘴巴变成一个血盆大洞，里面长着一排排闪亮的利齿，一口就能把我整个吞进去。我遇上了噩梦中才有的怪兽！

我身后的邓纳姆老师仍然在尖叫，却因为被袜子堵住了嘴，没发出一点声响。

霸主的声音从大嘴深处传出来："你曾经问过我，我们来地球是不是为了采集食物。”她说话时，洞里传出一阵阵带着酸味的热气，“本来不是的。”这时一根长长的舌头突然窜出来，舔着被拉长的嘴唇，“不过今天我要为你破例了。”

要是我逃不掉的话就会变成霸主的午后小点心了。我往她身后瞥了一眼，不行，我要是往门口跑的话，还没跑出多功能球场就会被她抓住。消防门也是那么远，而这个运动器材储藏室又没有别的出口。

我这下走投无路了，看样子霸主好像很饿……

“扎克！”我在脑子里拼命呼救，“我大难临头啦！”我当然希望他能听见，可是我有一种恐惧感：我隐约记得他说过今天要出去参加一个什么数学活动。

这时候，我的眼睛被一道光线晃了一下。我往上一看，原来是玻璃天窗反射的阳光——那扇天窗是打开的！我已经没有别的选择了。

霸主飞身向我扑过来。我上身一沉，单膝跪地，顺手抄起一根冰球杆——真的邓纳姆老师上课时给我们示范过这个姿势——使出一招“横扫千军”，击中外星霸主的双腿。她重重地摔倒在地，我顺势飞奔到肋木下面。

这些肋木矗立在我面前，就像艾格峰[①]的北侧山壁似的。以

① 艾格峰：瑞士著名险峰，北侧尤其陡峭，已经有多名登山者丧命于此。

前我从来没有机会登顶，现在是时候改写历史了！

我伸手抓住我能够到的最高的那根横杠，开始往上攀爬。

“你这次逃不掉了，来自地球的卢克·帕克！”霸主爬起来，一瘸一拐地向我这边走来。刚才那一下冰球杆重击至少让她慢下来了。

这时候我已经爬了一半，连忙加把劲儿，拼了小命向屋顶的安全地带继续攀登。突然，我头顶传来两下轻微的声响，原来天窗边飞来了一只咕咕叫的鸽子。霸主发出怒吼，鸽子很警觉地叫了一声，马上飞走了。

我往下瞥了一眼，霸主已经来到了墙边。只见她手臂和触手并用，身体起伏着往上蹿，就像蛇在草丛里滑行。

眼看就要到屋顶了，只剩下几条横杠。突然我的脚下一滑，整个人猛然下坠，下巴接连磕在几根横杠上。我双手拼命乱抓，想止住下坠的势头，可是汗水令掌心湿滑，我抓不住横杠。就这样，我连续错过了好几根横杠才终于牢牢地抓住一根。

可是这时候霸主已经追了上来，我这下逃不掉了。

就在这时，我发现最顶端的那条横杠上面竟然搁着一个篮球！肯定是我罚球的时候不小心扔上去，后来忘记拿下来了。

我连忙伸长手臂，用指尖去够，刚好勉强把篮球推动。篮球从横杠上滚下来，我连忙伸手去接。球在我掌心里打转，眼看就要掉下去了。我大吃一惊，整个人都紧张起来。幸好在最后一刻，我还是用单手把篮球控制住了。

这时候，霸主张开大嘴扑了上来，就像一条跃出海面的鲨鱼。

有这样一个理论：无论在什么领域，一个普通人只要经过一万小时的练习，就能成为该领域的专家。

在篮球这个领域，我的练习时间是两小时。

而现在我只有一次投篮机会。

凭着直觉，我把篮球投出去了。

球一出手我就知道这下投中了！篮球向霸主那个洞穴似的大嘴飞去，一直砸进她的咽喉里。

眼看我就要获得这颗世纪最佳进球了，突然，另一只触手从她嘴里飞出来。只听啪的一声轻响，触手上的吸盘把篮球抓住了。

不会吧？！这不是明目张胆的作弊吗？！

霸主狂笑起来，低沉的笑声充满着幸灾乐祸的意味。她眼看就能报仇雪恨，乐得简直要满地打滚。我深深地吸了一口气，心想：既然你赢了，那就来个痛快的吧！

突然，我头顶响起一下撞击声，然后是清脆的叮的一声。霸主和我同时抬头张望，只见天窗已经碎裂，在纷纷下落的玻璃雨中，一个蒙面人在鸽群的簇拥下俯冲进来。

是暗翅女侠！她飞进体育馆，完美地悬停在我和霸主之间的高度上。

“卢克，”她低声说，“屏住呼吸！”

我还来不及问个究竟，只见拉拉深深吸了一口气，两边脸颊胀得鼓鼓的。她的每一根头发都竖起来，发尖闪闪发亮，好像沾满了某种液体。她猛地一甩头，头发上的液体尽数洒在了霸主的脸上。

虽然我离霸主还有一点距离，而且我也已经屏住了呼吸，可是一股恶臭还是钻进了我的鼻子，我闻到了人世间最难闻的气味。

可怜的霸主硬生生地扛下了这一击的全部威力，直接吸入了那股极其阴邪的恶臭，顿时喘不过气来。就在她拼命喘息的时候，竟然不小心把篮球吸进嘴里了。

篮球一下子把她那张可怕的大嘴塞得满满的，就像仓鼠塞住了真空吸尘器。

扣篮！

恶臭熏鼻加上篮球卡喉，霸主身中两大绝招，已经全无还手之力。她开始窒息，于是双手和触手拼命抓挠，想把卡在咽喉的异物抠出来，却不小心松开了横杠，一下子摔了下去，摔在多功能球场上。只听见咔嗒一声，也不知道哪里摔碎了，她就这样一动不动地躺在场地上的排球线和羽毛球底线之间，连呻吟声也发不出来了。

我转头看着拉拉，只见她面具下的脸涨得通红。“扎克没办法赶过来，所以就派我来了。”她说话的时候甚至不敢看着我。

“哎，咱们先别说他，”我说，“我还不知道你有这种本事呢！”

“太糗了。”她喃喃说道，从腰带里掏出一个小瓶子，“这是免水洗发剂。”她解释说。她一边紧张地看着我，一边把瓶子里的东西喷到头发上，说道：“你不觉得我这本事有点……古怪和恶心吗？”

“呵呵，对啊，当然是既古怪又恶心啦！”我一边说一边热切地点头，她马上脸色一沉。“可是这也不能改变它是一种特强超能力的事实呀！”我又补了一句。

“你是说真的吗？”她顿时欢快起来，“我一直想跟你说的就是这件事。我知道如果世界上有人能理解我，这个人一定是你！”

哈！这下我就放心了。“难道不是你想做我的女朋友吗？”

“啊?!现在到底是谁古怪恶心哪？卢克，对我来说，你就像是亲兄弟。”她停顿了片刻，“或者至少是表兄弟。”

下面有人在喊，原来是瑟奇来了，他走进体育馆的时候我都没瞧见。瑟奇捏着鼻子，硬着头皮向倒地不起的霸主走过去，到了一定距离就不敢再往前了。“她还没死呢。”他跪倒在地上，“我觉得她好像想说话。”

拉拉飘落在地板上，我也连忙爬下去与他们两人会师。虽然有个篮球卡在她的食道里，可是霸主还能挤出几句话来。她声音嘶哑地说："来自地球的卢克·帕克，你就算灭了我一个，还有后来人。我只是一个霸主，我上面还有霸王和联合执行霸王……这事还没完，我们还会回来的！等中场休息结束后……"

说到这儿，她用一只触手把哨子从胸前扯下来，塞进耳朵里。外星人的生理构造很怪异，她临死前的最后一口气竟然是从耳朵里喷出来的。她用耳朵吹响了哨子，一声很恐怖很刺耳的哨声充满了整个体育馆，同时，一道强烈的白光笼罩着霸主。我连忙用手捂住眼睛，待我把手放下时，她已经消失了，只剩下那个哨子当的一声掉在地上。

·34·
还有一个

“我们能够重建家园！更高，更快，更强！”爸爸粗着嗓子说，接着开始哼哼，“啦啦，啦啦……”然后他发现大家都在看着他。“这是《无敌金刚》①主题曲呀。不喜欢？可经典了！”他拨弄了一下我的头发，“哦，对了，儿子，有个礼物给你，是《无敌金刚》全集，一共五季。”

这一幕发生在几星期后，我们刚刚完成了树屋的重建工作。施工队成员有我、爸爸、外公克莱夫、扎克、瑟奇和拉拉。辛勤劳作了整整一天，此刻我们站在院子里欣赏自己的杰作。今天我们天一亮就起来干活（我承认，这句话有些夸张了，其实是吃完

---

① 《无敌金刚》：20世纪70年代美国经典科幻电视剧，英文名为THE SIX MILLION DOLLAR MAN。香港无线电视台曾引进播出，译作《无敌金刚》。

早餐才开始的），一直工作到夕阳西下。爸爸说这个工程就像某部电影里面的一个场景，汉·索罗和一帮农民在一天之内就建好了一个马厩。这可能是有史以来最沉闷的一部《星球大战》电影了。①

“我们应该开一瓶香槟庆祝新树屋落成。”外公克莱夫说。

“我以为只有轮船首航才开香槟呢。”我说。

“不，这不是一艘船，”爸爸说，他的眼神里带着一丝惆怅，“这是一座空中城堡。”

老树屋被毁，虽然我也觉得很难过，可是老实说，扎克和我已经长大，那间树屋变得太小了。这个重建计划是爸爸提议的，在施工过程中，我有一种很确凿的感觉：原来爸爸比我们更希望重建树屋。我其实挺感激他的，毕竟围巾特攻队也需要一个新的总部，这座新的树屋正好符合要求，我只需要加装一些保安措施就可以了。我还想着能不能安装一个厕所，这样的话，将来决策人左邦再度光临的时候，我就不会错过了。

当所有人都离开后，我独自留守在树屋里。今晚的作业已经完成，我现在要开始做一项更重要的工作：给围巾特攻队制订行为准则。每一个超级英雄灭罪组织都必须有一套完善的规章制度。我低头看着夹在火星猎人笔记板上面的一张白纸，用一支辉

---

① 这一幕其实来自电影《证人》，主演正是在电影《星球大战》中扮演汉·索罗的哈里森·福特。卢克把两部电影搞混了。

柏嘉9000铅笔敲着嘴唇。哈！想到了！我开始奋笔疾书。

1. 服从命令——除非你发现上级是邪恶生化人组织的成员。

这时门口传来一阵沙沙声。哈！也许是决策人左邦大驾光临了！算一下日子，他也是时候过来了。

“儿子。”我爸爸说。

“嗯……”

“怎么，你在等什么人吗？”他挤进树屋，坐在我身旁。

“没有啊。”我一边说一边把笔记板藏在英语练习本下面。

“有件事我想先告诉你。你妈妈和我研究了一下家里的财政状况，决定把漫画书店买下来。”

“真的？”

“可是我需要你和你哥周末去店里帮忙。”

“太好啦！”这真的是一个好消息！我的脑子马上高速运转起来，“我心里其实早就有很多相当成形的想法，比如说我们应该购入哪些漫画书，怎样展示我们店的货品，当然，还有怎么举行开业庆典，还有——”我把写字板抽出来，撕掉表面那一页，“我得列一个清单！”

爸爸微笑着说：“对，我也觉得你应该列一个清单。”

“快醒醒！”扎克的声音在我耳边响起。

我睁开一只眼睛，发现我的绿灯侠闹钟正在床头柜上发亮，现在正是午夜时分。我转头看着我哥，只见他一身小星侠的装扮。

“发生什么事了？”我一下子惊醒，连忙坐起来问道，“又有外星人入侵地球啦？”上一次侵略才刚刚结束了一个月，苏-邓纳姆军团不会这么快就杀回来吧？

“不是。你快穿上衣服跟我走。”说完，他把一件睡袍扔给我。我连忙裹好睡袍，把脚塞进拖鞋，轻手轻脚地跟着他走出去。

肯定是决策者左邦来了！

这是左邦第三次来访。前两次我都没见着他，他就把超能力给了扎克和拉拉。我想显得镇定一点，却按捺不住心头的激动。今晚终于轮到我啦！我在抗击苏-邓纳姆侵略者的斗争中已经证明了自己的能力。除了让我成为超级英雄之外，还有更好的奖励方式吗？即使万一左邦不让我做超级英雄，我希望他也不要把超能力送给瑟奇。

我们从后门溜出去，没有吵醒爸爸和妈妈。穿过后院的时候，我仰望夜空，只见苏-邓纳姆军团遗留下来的那串倒数数字依然在布罗姆利镇上空燃烧着，可是已经永远定格在两秒这个数字上了。迄今为止还没有人能想出办法把这串数字抹掉。

我们来到了绳梯脚下，我的心跳骤然加速。扎克一下子就飞上去了，我也急急忙忙地往上爬。

我那三盏超级英雄灯已经被外星人摧毁，我一直没装新的，所以现在只能慢慢地适应眼前的黑暗。我分辨出有两个人影并肩站着，两人一般高矮。我认得其中一个是我哥，也就是说，另一个只能是——

“左邦？”

“卢克。”那人说。

“是左邦吗？”我又问了一次。

“卢克。”他还是这样回答。他的声音听起来很熟悉，熟悉得让人觉得很不自在。

新树屋的窗户上装了木头百叶窗，扎克推开窗子，外星人倒数数字的火光一下子把树屋里面照亮了，我终于看清了跟我说话的那个人的样子。

他像小星侠那样，脸上套着面具，身上披着斗篷，手上戴着手套，胸前也有一个闪闪发亮的超级英雄标记。

他把面具掀起来。

他就是我！

他不仅仅看起来像我，他就是我！我仿佛看着一面恐怖的、会说话的镜子。如果不算身高差异，我和他简直就是孪生兄弟！突然，我发现他并不比我高，只是一直悬浮在距离地面几厘米的空中罢了。

“你……你是……”我都结巴了。

“对。”另一个卢克双手叉腰挺起胸膛说，“我是星主。”

致谢

“外星人侵略地球”这种活动，一个人是组织不过来的。感谢我的编辑科斯蒂·斯坦斯菲尔德（我们心存和平而来）、出版人卡尔特·威尔逊（你们的武器一点用处也没有）、多姆·金斯顿（从近地轨道上发射核弹炸她们）、菲奥娜·斯科博（再没有人能阻止我们了）、奥拉·格考斯卡（别！别放钻孔虫！）、卡尔瑟琳·斯托克斯（灭了我一个，还有后来人）以及“八卦乌鸦童书出版社”的其他同仁。再次感谢插图画家劳拉·埃伦·安德森（把人类都杀光）和版面设计师尼古拉·西奥博尔德（有埋伏），你们用隐形技术设计的封面把那帮地球小人儿都骗了。感谢弹跳突击队，额外送你们一杯罗慕伦麦芽啤酒。和以往一样，代理商斯坦（我的母舰比你大）在策略方面给我提供了许多非常宝贵的意见，在此深表谢意。最后，我要将威力强大到足以把世界夷为平地的满腔感激之情献给一位女士，正因为她的存在，当外星人对我说“带我去见你的头头”时，我知道应该领她们去见谁，她就是我的太太娜塔莎。